Strahlende Rache

Jennifer Wurm

Strahlende Rache

2021

«Wer bin ich,

wenn ich bin,

was ich habe, und dann verliere,

was ich habe?»

Erich Fromm

Impressum

© 2022, Jennifer Wurm
Herstellung und Verlag: BoD – Books on Demand, Norderstedt
ISBN: 9783754333402

Personenverzeichnis

Nadine Huguenin-Morel: Verwaltungsratspräsidentin des Krankenhauses

Lionel Sanders: administrativer Direktor

Ruth Amberg: medizinische Direktorin, ehemalige Chefärztin der radiologischen Abteilung, also Vorgängerin von **Hassan Jourdani**

Hassan Jourdani: Chefarzt Radiologie

Ludovic Debroise: Chefarzt Gynäkologie

Francesco Devillo: Chefarzt Medizin

Dietger Franke: Oberarzt Radiologie

Joseph Bouzenar: Radiologe

Xavier Berthier: Radiologe

Jürgen Möller: Oberarzt Notfallstation

Martin Lambert: Chefarzt Chirurgie

Hervé Grossen: Chirurg. Seine Tochter ist Kaderärztin in der Gynäkologie und hat mit Martin Lambert ein uneheliches Kind, **Patrizia.**

Patrizia: Technikerin in der radiologischen Abteilung

André Berger: Kriminalbeamter von der lokalen Polizei

Jean-Luc Quendlin: Kriminalbeamter

Geraldine: Radiologin, Lebenspartnerin von Jean-Luc Quendlin

Annabelle: Rezeptionistin in der radiologischen Abteilung

Zwei Patienten: Paul Schnyder und **Chantal Matthey de l'Endroit**

Kapitel 1

MEOPA (Mélange équimolaire oxygène-protoxyde d'azote) wird in der Kinderheilkunde als Zaubergas bezeichnet. Es handelt sich um ein Gemisch aus Lachgas und Sauerstoff, dessen schmerzlindernde und sedierende Wirkung bereits im achtzehnten Jahrhundert entdeckt wurde.

Jürgen Möllers Natel klingelte und pflichtbewusst nahm er den Anruf an. Er hatte den Rückruf vom Leiter der Bettenkoordination erwartet. Es war aber der Direktor persönlich.

«Herr Sanders, das Krankenhaus ist voll.»

«So.»

«Und wohin mit den Kranken? Nach Osten auf die Insel, nach Süden ins Weinland?»

«Entlassen Sie zuerst die auf Stock C für Montag zur Entlassung vorgesehenen Patienten.»

«Das habe ich schon und auch schon wieder aufgefüllt.»

«Dann verlegen Sie die zur Reha vorgesehenen vorzeitig!»

«Der Krankenwagen bringt gerade zwei im Doppelpack nach oben!»

«Dann schichten Sie um, zwingen Sie die Neurologen auf der Intensivstation aufzuräumen.»

«Es sind alle verlegt, wir erwarten noch zwei aus dem Aufwachraum und einer wurde schon in die Vorbereitung der Anästhesie gebracht. Ich sage Ihnen, das Krankenhaus ist voll.»

«Hören Sie zu, das gibt es nicht. Finden Sie eine Grossmutter, die nur da ist, um ihren Dekubitus zu pflegen oder nur um den Zucker besser einzustellen. Das können auch die Hausärzte tun. Ich gebe ein Rundmail raus, das alle auffordert, möglichst alle Patienten ambulant zu behandeln.» Natürlich musste er schlussendlich auch informieren, dass sein Krankenhaus voll war.

Jürgen Möller hatte alle Massnahmen bereits selbstständig erledigt. Er hasste diese Telefongespräche. Er hatte zwei Assistenten eigens darauf angesetzt, Patienten zu finden, bei denen eine Umstellung auf eine orale Medikation möglich wäre. In der Zeit hatte er die Notaufnahmen gemacht. In dieses Krankenhaus kam man nicht mit einer Bagatelle, schon gar nicht an einem verlängerten Wochenende. Es war bekannt dafür, dass man hier lange wartete, sogar jenseits des Röstigrabens. Er war erst seit letztem Jahr hier, mit dem Französisch hatte er noch etwas Mühe.

****

Während Sanders mit seinem Handy telefonierend in die Eingangshalle blickte, überquerte jemand, in Weiss gekleidet, die Eingangshalle, riss die Glastür zum Treppenhaus auf, hastete gleich rechts durch den Warteraum ins Labor. Gleichzeitig stülpte er sich Mundschutz und Handschuhe über. Er sah sich im Labor um, fand den Inkubator und die Sputum-Proben, griff nach einem weissen Röhrchen eines schwerkranken, beatmeten, von einem neuartigen Virus infizierten Patienten und steckte es ein. Er blickte noch in den hinteren Teil des Labors, auf eine Tür mit der Aufschrift, dass sich dort radioaktive Substanzen befanden. Er konnte diese Tür mit seiner Karte öffnen und schaute sich um. Es standen mehrere durch Blei geschützte Behälter herum. Er nahm einen, öffnete ihn und verstaute die Röhrchen aus drei anderen strahlendichten Behältern darin. Mit dem Behälter als Beute verliess er das Labor und gelangte ungesehen in sein Büro im dritten Stock.

****

Jürgen Möller ging zum Röntgenrapport und obwohl ihm die Augen fast zufielen, bekam er doch mit, dass etwas nicht stimmte. Es fehlte der für den Rapport eingeteilte Radiologe. Kurzfristig war dieser lustige Kleine eingesprungen, der kannte allerdings die Fälle nicht. Das meiste hatten sie ja geklärt, aber noch lagen zwei unklare Abdomen auf der Notfallstation.

Der Chefarzt der Radiologie tigerte den Gang auf und ab. Sein leitender Arzt war nicht zur Arbeit erschienen.

Lionel Sanders war administrativer Direktor, schritt nach seinem Telefonat zum ehrwürdigen Saal im ersten Stock, wo sich die Mitglieder der Spitaldirektion trafen. Die Stühle waren im Biedermeierstil mit aus Holz geschwungener Lehne und dunkelgrünem Stoffbezug. Der Tisch war aus lackiertem Holz und an den Wänden hingen die Porträts ehemaliger Spitaldirektoren und einiger Persönlichkeiten der Stadt. Ruth Amberg hatte ihre langen rotbraunen Haare zu einem Zopf geflochten und warf sich diesen energisch über die linke Schulter, räusperte sich und versuchte, die Sitzung zu eröffnen. Als medizinische Direktorin hatte sie, so war ihr bei Amtseintritt erklärt worden, diese Aufgabe. Der administrative Direktor nahm nur an den Sitzungen teil, wenn es um finanzielle Strategien ging.

****

Noch während des Röntgenrapports war Jürgen Möller weggerufen worden. Die Sanitäter hatten ihn über eine kurvige Strasse in ein entlegenes Seitental gebracht. Er beugte sich über seinen Patienten. Der lag im hintersten Kantonszipfel am Strassenrand. Möller war gerufen worden und da er für seinen Assistenten das Dienstnatel gehütet hatte, musste er auch ausfahren. Seinen Assistenten hatte er auf die Abteilung geschickt, damit er noch mehr Platz schaffe.

Der Mann hatte sich aus eigener Kraft aus seinem Wagen gerettet, den er in den Strassengraben gefahren hatte. Es war ein grünblauer Renault Combi, der dort unten in der Schwemmebene des kleinen Flüsschens in Schräglage zum Stehen gekommen war. Der Typ kam Möller bekannt vor, nein, er kannte ihn, es war einer der Spitalradiologen. Er hatte mit ihm am Pfingstwochenende Dienst gemacht. Sie waren sich x-mal begegnet und hatten verschiedene CTs zusammen angeschaut. Der Typ war echt hilfreich gewesen. Was machte der jetzt hier hinten, fast vierzig Minuten vom städtischen Krankenhaus entfernt? Die Sanitäter hatten ihn schon auf die Bahre gelegt. Er war nicht ansprechbar, wirkte schläfrig. Jürgen kniff seinen Kollegen in den Arm.

«Merde.»

«Was?»

«Sie haben mir etwas gegeben.»

«Was?»

Sein Patient war schläfrig und wurde in den Krankenwagen gehievt. Jürgen stand davor. Die Tür wurde geschlossen. Plötzlich begann der Kleinbus zu schwanken. Jürgen stand immer noch da, stellte sich auf die Zehenspitzen, um durch die Milchglasscheibe zu gucken. Der Patient hatte sich aufgerichtet und begann, sich loszumachen. Die Tür öffnete sich wieder. Der Fahrer schaute aus dem Führerstand und stieg schliesslich aus. Jürgen stand weiterhin nur da. Sein Patient beziehungsweise sein Kollege schien wacher, irgendwie aufgebracht. Er stieg aus, schaffte sogar die grosse Stufe aus der Patientenkabine allein, wenn auch etwas unbeholfen. Er erbrach sich in Gebüsch und richtete sich auf.

«Ich muss zum Auto zurück.»

Die Polizei stand um das Auto in der Schwemmebene und diskutierte. Mühsam kletterte Xavier den Hang hinunter. Ihm war genauso schlecht, wie einem ist, wenn man aus einer Narkose aufwacht. Die Polizisten wirkten auch nicht gerade frisch. Alle gähnten und rieben sich die Augen. Es war erst sieben Uhr dreissig und dieser Unfall war nach einem langen Wochenende wirklich sehr früh.

Xavier schaute in sein Auto und schloss dann den Kofferraum auf, sah hinein und knallte die Heckklappe schnell wieder zu. Er hatte genug, genug von all dem hier. Er wäre am liebsten im Wald spazieren gegangen, aber ein Polizist stellte sich ihm in den Weg.

«Nicht so schnell; wo wollen Sie denn hin?»

Xavier musste sich arg zusammenreissen, um sich nicht nochmals zu übergeben. Er wollte weg hier. Er gab also brav seine Daten an und sagte, dass er sich selbst um den Abtransport des Wagens kümmern werde. Da klingelte sein Spitalhandy. Es war sein Chef, da musste er wohl drangehen. Xavier entschuldigte sich für den Rest des Tages. Der Chef solle auch in der Aussenstation Bescheid sagen, dass Xavier nicht kommen würde.

Jürgen Möller wartete immer noch neben dem Krankenwagen. Er hatte die Szene von oben verfolgt und sich gewundert, wie gut es dem Opfer wieder zu gehen schien. Der Verunfallte hatte all seine Schläfrigkeit verloren und wollte sich gerade zu Fuss auf den Weg machen. Jürgen rief ihm zu, dass er gerne mitfahren könne, sie würden hinten im Dorf einen Kaffee trinken.

Xavier überlegte kurz. Einen Kaffee könnte er gut gebrauchen. Er wies schlussendlich einen Sanitäter an, das Ultraschallgerät aus dem seinem Wagen zu holen, und so fuhren sie durch die morgendliche Landschaft. Sie sassen nun zu dritt vorne. Jürgen fuhr ihnen im Spitalwagen hinterher. Die Nebelschwaden lösten sich über dem Talboden auf. Man sah die Pappeln auf der anderen Flussseite. Die Sonne schien auf den noch zartgrünen bewaldeten Hang gegenüber. Die Felsen waren schon voll in der Sonne. Xavier hatte es einfach satt. Normalerweise machte er diesen Weg zweimal die Woche und schallte die Patienten in der Aussenstation, arbeitete dann nachmittags wieder im Hauptgebäude. Seine Mittagszeit verbrachte er vor allem mit Fahren.

Die Sanitäter schienen etwas befangen, so früh morgens schon wieder Pause zu machen. Aber sie liessen es sich auch nicht zweimal sagen. Schliesslich waren sie in Begleitung von zwei Ärzten. Einer der beiden erzählte, dass sein Vater einen Hof hier im Tal habe und dass dieser den Wagen wohl mit seinem Traktor aus der Schwemmebene rausziehen könne. Xavier nahm dankend an. Entschlossen telefonierte der Sanitäter sofort mit seinen Eltern. Seine Mutter nahm ab und wollte sich diesen Xavier erst mal ansehen, dann mit ihrem Mann reden und ihn vom Feld holen.

Schliesslich fuhren sie Xavier zum Hof seiner Eltern, der doch einige Dörfer in Richtung Frankreich gelegen war. Xavier malte sich aus, wie er mit einem Traktor mit dreissig Stundenkilometer diese Strecke wieder zurückfahren sollte. Er griff in seine Gürteltasche und vergewisserte sich, dass er sein Portemonnaie, seine Ausweise und auch die Autoschlüssel hatte. Alles war da, auch die beiden Natels. Seine Frau hatte ihm mittlerweile eine SMS geschickt, sie sei gut angekommen. Sie passierten eine schmale Stelle des Tals, wo links oben eine Burg lag. Xavier schaute hoch und stellte sich vor, wie die Aussicht von dort oben wäre. Der Krankenwagen schaukelte durch die Pfützen in der Hofeinfahrt. Ein Köter kam angerannt und sprang ihnen kläffend entgegen. Die Mutter des Sanitäters stand in der Tür. Der Sanitäter wollte eigentlich nicht aussteigen, da der Hund die dumme Angewohnheit hatte, an ihm hochzuspringen, aber er musste Xavier mit seiner Mutter bekannt machen. Diese hielt dann den immer noch laut bellenden Hund fest, drückte ihrem Sohn einen Kuss auf die Backe.

«Adieu!» Eine eigenartige Begrüssung, mit der man sich sofort als Bewohner des oberen Kantonsteils outete.

«Das ist Xavier. Papa soll ihn rausziehen. Mit Gummistiefeln geht es heute.»

«Das wird schon. Macht, dass ihr zurück in die Zentrale kommt. Sonst bekommst du noch Schwierigkeiten.»

Xavier sah noch, wie Jürgen mit seinen zwei Sanitätern kehrt machte, als der Bauer ankam.

Jürgen fuhr todmüde zurück, schlich sich ins chirurgische Dienstzimmer, unmittelbar danach fielen ihm die Augen zu.

Kapitel 2

Eine tödlich verlaufende Allergie bezeichnet man als einen anaphylaktischen Schock; die Verengung der Atemwege und das Wasser in der Lunge führen zu Atemnot und schlussendlich zu einem Kreislaufstillstand.

Am Mittwoch kam Doktor Dietger Franke, Oberarzt in der Radiologie, und stellte seinen dunkelvioletten VW auf einen kleinen Parkplatz. Nach einem fünfzehnminütigen Fussweg näherte er sich von hinten dem Krankenhaus und trat dann durch die Schiebetüren des Personaleinganges. Die zweite Tür öffnete sich frühmorgens und in der Nacht nur mit einem Batch. Diesen musste Dietger mühsam aus seinem Rucksack fischen, um ihn dann an den Detektor zu halten. Unterdessen hatte ihn aber eine Dame überholt, die ihren Batch schon griffbereit in der Hand gehalten hatte und so die Tür für ihn mit öffnete. Kopfschüttelnd legte er den einen Riemen seines kleinen blauen Sportrucksackes wieder über seine rechte Schulter. Er konnte entweder zuerst zum Kiosk gehen und einen Kaffee trinken oder aber sich direkt an die Arbeit machen, um seinen Rückstand von gestern aufzudiktieren. Pflichtbewusst entschied er sich, direkt in die Abteilung zu gehen. Seit zwei Jahren war er Oberarzt in der Radiologie, ursprünglich stammte er aus Deutschland. In der Schweiz war der Radiologenmangel derart gross gewesen, dass man ihn trotz seines eigenwilligen Lebenslaufes genommen hatte.

Als er in der Abteilung angekommen war, grüsste er die eritreische Putzfrau und ging zu der Befundungsstation des CTs. Natürlich hatte sich gestern sein Kollege nicht ausgeloggt, so musste er den PC neu starten, um in seine Session reinzukommen. Er warf seinen Rucksack in die Ecke, drückte lange den Startknopf, so lange, dass er ihn abwürgte, setzte ihn aber gleich wieder in Gang. In der Zwischenzeit konnte er sich getrost umziehen.

Eigentlich warteten noch einige CTs von gestern auf ihn, aber das Pariser Opernprogramm des nächsten Wochenendes interessierte ihn wesentlich mehr. So loggte er sich erst mal im Internet ein und verweilte auf einer seiner Lieblingsseiten.

Im Raum, wo der Computertomograf stand, diskutierten zwei Techniker über ein Konzert, das der eine gestern Abend gehört hatte, während der andere gelangweilt das Kontrastmittel aufzog. Dieses musste aus den versiegelten Flaschen mit einem sterilen Röhrchen aufgezogen werden. Daneben stand ein Behälter mit Kochsalzlösung, die zum Spülen benutzt wurde. Der Frühdienst musste jeweils mit dem Nachtdienst zusammen diese Pumpe bereitstellen. Dazu gehörte das Aufstarten des Gerätes, der sogenannte Check-up. In dieser Zeit durfte sich allerdings niemand im Raum aufhalten, da das Gerät dann Strahlen aussandte. Der eine Techniker holte aus dem Materialraum zusätzliche Kontrastmittelflaschen und stellte sie auf eine Ablagefläche neben dem Lavabo. Dann setzte er wieder zum Aufziehen an und erzählte gleichzeitig von dem Konzert, das er am gerade in der Stadt stattfindenden Festival gehört hatte. Die Akustik sei sehr schlecht gewesen. Der zweite Techniker kontrollierte gedankenverloren die Materialschubladen. Wieder war eine Flasche leer und er konnte noch eine dritte zur Hälfte in die Druckspritze laden. Anschliessend brachte er die Verbindungsschläuche an. Diese mussten sorgfältig entlüftet werden.

Wenn man aus Versehen Luft in den Patienten spritzt, kann dies tödlich enden, denn falls diese Luft in eine lebenswichtige Arterie gelangt, kommt es zur Unterversorgung bzw. zur sogenannten Luftembolie. Dies kommt jedoch nur vor, wenn eine gewisse anatomische Variante vorliegt, zumal das Kontrastmittel vorerst in den Lungenfilter gelangt, doch zwei Prozent der Bevölkerung hat eine kleine Verbindung zwischen der

rechten und der linken Herzkammer und die Luft kann so in eine Herzkranzarterie oder
ins Gehirn gelangen.

Sie verliessen den Raum, ohne die Spritze fertiggestellt zu haben, um den Check-up zu starten. Der Tagdienst würde kommen und alles Weitere erledigen. Sie mussten dringend fortfahren, alle Räume aufzuschliessen und die Geräte zu starten. Während sie die Putzfrau überholten, erzählten sie weiter von ihren privaten Erlebnissen.

****

Gleichzeitig standen an diesem Morgen Ludovic Debroise, Chefarzt der Gynäkologie, und Francesco Devillo, Chefarzt der Inneren Medizin, in ihren langen weissen Kitteln an einem Stehtisch vor dem Kiosk. Ludovic hatte in seiner rechten Hand einen Espresso, seine linke Hand schloss sich um das kleine Laborröhrchen mit den Keimen innerhalb seiner Kitteltasche.

«Wie läuft es bei dir?»

Francesco Devillo kannte Ludovic schon zu lange, um nicht zu begreifen, dass er etwas von ihm wollte: «Gut, und bei dir?»

Ludovic antwortete: «Exzellent. Der neue Abrechnungsmodus bringt der Gynäkologie mindestens eine Million pro Jahr. Wir bekommen nun zehn Prozent der technischen Leistung aller radiologischen Untersuchungen, falls der Absender die Gynäkologie ist, während ihr weiterhin pro Tagespauschale zehn Prozent abgeben müsst, falls der Patient eine radiologische Untersuchung bekommt.»

Francesco schluckte einmal und sagte: «Wie hast du das hingekriegt?»

Ludovic war zu stolz, um nicht ein bisschen von seiner Strategie zu erzählen: «Ich liefere, was man von mir verlangt: Informationen an die Direktion, auch wie gewisse Patienten auf der Medizin versterben. Aber das könnten wir ändern.»

Ludovics Spannung war enorm, doch das Röhrchen in seiner Hand lag ruhig dort, wie ein kalter Revolver.

14

Francesco fragte pflichtgetreu: «Wie soll sich das ändern?»

Ludovic: «Hassan in der Radiologie hat Probleme, seine leitenden Ärzte zu zahlen, sie beginnen ihn zu durchschauen. Das könnte man wunderbar in Geld umwandeln. Die Direktion in ihrem Elfenbeinturm hungert nach Informationen. Versuchst du es für mich? Hassan sollte doch besser bei uns beiden im Boot sitzen.»

Dietger hatte die Techniker zwar wahrgenommen, aber sie nicht begrüsst. Er hatte das Opernprogramm mittlerweile mit seinem Dienstplan abgeglichen und in seine Agenda eingetragen. Sanft fuhr er sich über seine Glatze und startete das Patientendatenprogramm. Er rief sich die Anmeldung einer Felsenbein-untersuchung in Erinnerung und begann, durch die Bilder zu scrollen. Er liebte diese drei Zentimeter des menschlichen Körpers, fühlte sich wohl zwischen Hammer, Amboss und Steigbügel, sonnte sich in den anatomischen Bezeichnungen der kleinen Nischen des Mittelohres. Er konnte sich wunderbar in den Bogengängen des Innenohrs verlieren, auch den inneren Gehörgang mochte er, der erschien ihm aber etwas fad mit dem Nervus Facialis und Vestibulocochlearis. Selten fand sich die gesuchte Pathologie dort, meistens war sie für niemanden sichtbar in der Physiopathologie des Innenohres versteckt. Er rekonstruierte beide Ohren nochmals fein, denn die von den Technikern angefertigten Schnitte waren eigentlich zu dick, als dass man wirklich etwas sehen konnte. In Gedanken wog er allerdings Verdi in Berlin gegen Offenbach in Paris ab, beides würde ein Drittel seines Monatsgehaltes auffressen, aber das war ihm egal. Halt, da fehlte doch einer der drei Bogengänge auf der rechten Seite! Er klickte sich durch die Berichte der Voruntersuchungen und schüttelte den Kopf. Er nahm das Mikrofon und diktierte in kurzen Sätzen den Bericht für den Hals-Nasen-Ohren-Arzt. Die Schwerhörigkeit konnte er natürlich auch nicht erklären, aber den jeweils auszuschliessenden Kleinhirnbrückenwinkel-tumor konnte er klar verneinen. Dann ging er nahtlos an die zwei Onko-CTs, die von gestern übriggeblieben waren. Er begann die aktuelle Untersuchung und die Voruntersuchung zu laden und machte sich daran, die mit Tumor befallenen Organe durchzusehen. Verdis Nabucco war sicher klassisch inszeniert und die Sopransängerin hervorragend, Hoffmanns Erzählungen in Berlin waren wahrscheinlich modern und nüchterner, zumal der Regisseur bekannt dafür war, auf jegliche Spielereien zu verzichten. Dieser Lymphknoten war doch gewachsen seit dem letzten Mal, abdominal hingegen schienen sich die Tumormassen verringert zu haben. Bei kontroversen Befunden musste man schon genauer hinsehen, um etwas Kohärentes sagen zu können. Das zweite CT konnte er runterrasseln, da er es gestern schon am Rapport vorgestellt hatte. Es war eigentlich wie diese kleinen Rätsel in den Zeitungen «Findet die sieben Unterschiede». Wenn man sie gefunden hatte, konnte man loslegen. Jetzt hatte er definitiv einen Kaffee verdient, allerdings begann in sieben Minuten der interne Frührapport. Er nahm also nur den Weg in die Notfallstation in Kauf und liess sich den Kaffee am Automaten raus. Mit diesem in der Hand tauchte er gerade rechtzeitig am Rapport auf. Alle sassen schon da, während einer sich noch mit dem PC des Beamers herumschlug. Die Pathologen hatten wieder mal die Priorität der Bildschirme so verändert, dass man als Zuschauer gar nichts sah. Mühsam liessen sich die Bildschirme wieder auf die ursprüngliche Form konfigurieren, allerdings brauchte das zusätzliche fünf Minuten und verkürzte die schon knapp bemessene Zeit für die Vorbereitung der Rapporte. Dietger entspannte sich erst einmal, er brauchte sich da gerade nicht mit herumzuquälen. Gerne hätte er sich noch ein Croissant geholt, vielleicht lag das ja noch drin, bevor das Programm losging. Sein Kollege, der eigentlich den Rapport halten sollte, fragte schliesslich um Hilfe, da man doch in die Tiefen des Systems vordringen musste, um wieder die Monitore und die Beamer in Übereinstimmung zu bringen. Das hatte irgendwie Priorität, zumal er ohne Bilder keinen Rapport halten konnte. Wenn man sich die Untersuchungen nicht vorher ansehen konnte, musste man sich durchwursteln. Endlich gelang es den beiden, dass auch die Zuschauer etwas sahen und sie gleichzeitig auf das Patientendatenprogramm Zugriff hatten. Dietgers Gedanken schweiften wieder von seinen Frühstückswünschen zu den Opernprogrammen. Eigentlich konnte er ja auch wieder mal nach Mailand fahren. Was da wohl gerade lief? Dort könnte er seinen alten Freund, der ebenfalls Opernliebhaber war, besuchen.

«Wer war gestern am CT?»

Dietger kam sehr plötzlich wieder in die Wirklichkeit zurück und schaute hoch an die Leinwand. Dort liess sein Kollege ein CT passieren.

«Das war im grossen Ganzen normal, nur ein bisschen basale Lungenfibrose und vielleicht auch eine Leberzirrhose. Sie suchten eine Aortendissektion, aber der Patient war lachend auf zwei Beinen ins CT marschiert. Absurd!»

Als erst zwei Untersuchungen gezeigt worden waren, begannen die Chirurgen einzudringen und die Radiologen mussten den Raum verlassen. Nur zu gerne liess Dietger sich von seinen Kollegen zu einem zweiten Kaffee überreden. Es war erst Viertel vor acht und er fand, dass man eigentlich nicht vor acht anfangen sollte. Sie schlenderten den verspäteten Chirurgen entgegen und liessen sich von einem noch den neuesten Klatsch berichten:

«Ein Chirurg von oben hat in das im unteren Kantonsteil gelegene Privatspital gewechselt!«

Für Dietger würde es ein langer Tag werden, denn die zwanzig CTs waren ein harter Brocken. Er brauchte dringend noch ein Croissant, und zwar mit Schokolade. Alle Radiologen entschlossen sich schliesslich, zusammen in den fünften Stock hochzufahren und in der Kantine zu frühstücken. Abends würde noch eine Weiterbildung stattfinden.

Nach der Stärkung setzte Dietger sich an seine Befundungskonsole und machte sich daran, die Untersuchungen mit Protokollen zu versehen. Viele Untersuchungen waren Standard, und er musste nur sagen, von wo bis wo die Techniker das CT zu fahren hatten. Doch ab und zu war eine interessante Fragestellung dabei. Am meisten hasste er es, wenn sich die Kliniker herausnahmen, ihm Protokolle vorzuschreiben. Der hausinterne Pneumologe war so ein Spezialist. Er schien die radiologische Weisheit mit Löffeln gegessen zu haben. Dietger bekam eine Aversion, wenn er nur schon die Anmeldung las, in deren Titel nicht einmal das zu untersuchende Organ vorkam, hingegen welche Schichtdicke und in welcher Atmungsphase. Eine schlichte Zumutung!

Bei der fünfzehnten Anmeldung kam schon eine magere Technikerin und wollte, dass er die erste Untersuchung abnahm. Dietger schaute kurz hoch und fragte:

«Bewegungsartefakte?«

«Nein.»

«Gut, dann runter.»

«Keine Spätphase?»

«Doch, das habe ich doch verordnet! Also Spätphase.»

«Wann?»

«Nach drei Minuten.»

«Aber wir sind jetzt schon bei fünf Minuten.»

«Dann halt jetzt sofort.»

«Er müsste aber dringend auf die Toilette.»

«Dann eben nicht!»

Diegter schüttelte den Kopf und vertiefte sich in die folgenden Anmeldungen. Diese magere Wespe von Technikerin hatte ihn völlig aus dem Konzept gebracht. Er musste erst im Patientendatensystem suchen, wo er stehen geblieben war, doch mittlerweile erinnerte er sich nicht mehr, ob er die Liste alphabetisch oder zeitchronologisch bearbeitet hatte. Er war bei einem Abdomen gewesen und hatte gezögert, einen Kontrastmitteleinlauf anzuordnen, zumal dies die Untersuchungszeit um fünf Minuten verlängern würde und er so vielleicht während dieses CTs essen konnte. Er tippte zwischendurch ein paar Kurzberichte und der Morgen nahm seinen normalen Lauf. Gegen halb zwölf meldete sich ein Chirurg und wollte eine Abzessdrainage. Dietger hatte keinen Bock darauf. Erstens war er unsicher, was die technische Durchführung anbelangte, und zweitens brauchte er eine Mittagspause. Er redete schliesslich mit Xavier, der sich darum kümmern wollte. Dietger wartete noch, bis sich ein paar andere Radiologen zu ihm gesellten und sie dann alle gemeinsam in den fünften Stock fuhren. Sie kamen an den Damen der Anmeldung vorbei, die immer etwas neidisch schauten, wenn sich die Ärzte der Abteilung gruppierten und die Treppe hochstiegen. Sie hatten zwar auf die Minute genau geregelte Arbeitszeiten mit fixen Mittagspausen, aber die einen gingen nach Hause und die anderen schlugen sich irgendwie mit den Schreibkräften rum, damit sie ihnen die Anmeldung hüteten. Es herrschte ein jahrelanger Krieg zwischen den zwei Gruppen von Sekretärinnen.

Kaum waren sie oben angelangt, klingelte Dietgers Natel mit der CT-Technikerin am Draht:

«Wir sind fertig mit dem TAP.»

«Ja, und?»

«Die ganze Equipe des Schockraums wartet auf dich!»

«Hm, ich habe gerade mein Essen vor mir, kannst du schauen, ob noch jemand unten ist?»

«Nein, auch die vom MR sind nicht unten; he, es warten alle auf dich. Der ganze Schaltraum ist voller Leute, ausserdem hat der Patient ein Aortenaneurysma. Jetzt beweg dich!»

«Okay, ich komme!»

Dietger schob sein Tablett zur Seite, liess es aber auf dem Tisch stehen, er würde sein Essen später in der Mikrowelle aufwärmen. Er hasste die Technikerin, die er am Draht gehabt hatte, denn wenn er nicht am Essen war und brav neben seiner Maschine hockte, liess sie die Patienten einfach aufs Klo gehen und die Spätphasen waren im Eimer. Wenn er aber beim Essen war, war er unersetzlich für die Abnahme der Untersuchung.

Als Dietger unten ankam, hatte sich die Ansammlung von Ärzten und Pflegern im Schaltraum aufgelöst. Der Patient war wieder auf dem Notfallschragen, lag aber noch in der Vorbereitung. Zurückgeblieben waren nur die Technikerin und der Assistenzarzt, der ja doch mitbekommen sollte, was seinem Patienten fehlte. Dietger setzte sich an die Konsole und schaute sich die Serien an. Noch immer gab es nur Rohdaten. Die Technikerin hatte noch nicht mal angefangen zu rekonstruieren. Sie war dabei, das Laken auf dem Untersuchungstisch zu wechseln, was für sie natürlich Priorität hatte. Er drehte sich langsam zur Bedienungskonsole um und drückte auf die verschiedenen Reconjobs. Unterdessen fragte er den armen verbliebenen Assistenten, was der Patient denn für Symptome gehabt habe.

«Akute Bauchschmerzen.»

«So, dann schauen wir uns mal das CT an.»

Dietger gab ihm den Befund durch, schickte die Bilder vorsorglich nach Bern und schlich sich wieder in den fünften Stock zu seinem Mittagessen. Die Kantine hatte sich mittlerweile gelehrt. Er schnappte sich eine Zeitung und stellte sein Essen in der Mikrowelle. Während das Essen warm wurde, ass er genüsslich schon mal seinen Nachtisch.

Kaum hatte er wieder angefangen, seine Hauptspeise zu essen, klingelte erneut sein Natel.

Patrizia war dran: «Komm sofort, der von vorhin muss reanimiert werden.»

«Hast du den REA-Alarm ausgelöst?» Was sollte er schon machen?

«Ja, aber sie sind noch nicht da.»

Dietger liess zum zweiten Mal alles stehen und rannte die Treppe runter. Als er unten ankam, waren zehn Leute um den Patienten versammelt, zwei beatmeten, einer machte Herzmassage, zwei versuchten, mehr Leitungen zu legen, jemand drückte eine Infusion in den Schlauch, und die restlichen machten den Defibrillator bereit. Dietger schaute ihnen über die Schultern, der Patient war knutschrot, aufgedunsen und leblos.

Dietger liess sich auf den Stuhl vor seiner Konsole fallen und sprach leise mit sich selbst: «Die Indikation war scheisse gewesen und ich zu müde, um sie in Frage zu stellen.» Er fühlte sich schuldig und machtlos.

****

Gleichzeitig sass Ludovic Debroise an seinem Bildschirm und informierte sich über den Strahlentod. Er hatte sich das einfacher vorgestellt, das mit dem Verstrahlen, aber da starb man zu langsam, vor allem waren die medizinischen Strahlenquellen zu schwach, da musste unbedingt noch etwas ran, um den Effekt zu potenzieren, und dafür brauchte er Hassan, den Chefarzt von der Radiologie, gleichzeitig vertraut mit der Nuklearmedizin. Er rief ihn an: «Hallo Hassan! Wie geht es dir? Kannst du kurz in mein Büro kommen?»

Hassan ahnte nichts Gutes: «Ich komme gleich.»

Kapitel 3

Patientenverwechslungen sind nicht nur bei Bluttransfusionen verheerend. Die Todesrate bei Verwechslungen in der Radiologie ist tief, aber nicht inexistent. Am häufigsten sterben Patienten, wenn sie für andere bestimmte Medikamente verabreicht bekommen. Insbesondere Chemotherapeutika können bei einigen Vorerkrankungen tödlich sein.

Ludovic sass an seinem Schreibtisch und schaute auf den See. Hassan klopfte und Ludovic bat ihn herein.

«Heute Morgen kam es zu einem Kontrastmittelzwischenfall.»

Hassan wusste davon nichts. Seine Gedanken sausten in seinem Kopf herum. Er sagte daher bedächtig: «Ja.»

Ludovic fasste wieder mal in seine linke Kitteltasche und tastete nach dem Röhrchen. Es war immer noch verschlossen und hochinfektiös. Er stand auf, ging um seinen Schreibtisch herum und setzte sich mit den Beinen in Richtung Hassan darauf: «Deine leitenden Ärzte verdienen zu wenig.»

Hassan war sich dessen bewusst: «Ja, und?»

Ludovic wollte zur Sache kommen: «Das liesse sich ändern!»

Hassan sass immer noch auf dem Stuhl vor dem Schreibtisch, dort sassen normalerweise Patienten. Jetzt türmte sich vor ihm ein grosser Mann mit breitem Brustkorb auf. Er sprach sich Mut zu, um ruhig zu bleiben und sagte: «Okay, lass hören.»

Ludovic verschränkte seine Arme und liess einen Moment das Röhrchen los: «Die Hälfte der Poolgelder, die augenblicklich von der Radiologie in die Gynäkologie fliessen, fliessen auf dein Konto.»

Hassan bekam kaum Luft: «Auf mein privates Konto? Und was willst du von mir?»

«Du kümmerst dich um Nadine Huguenin-Morel.»

«Wieso?»

«Sie muss gehen, sie weiss zu viel und steckt ihre Nase in Angelegenheiten, die sie nichts angehen.»

Hassan war schwindelig, er wollte hier weg: «Ich lass es mir durch den Kopf gehen.»

Ludovic packte Hassan am Kragen, drückte ihn in den Stuhl, setzte sich vorwärts auf dessen Schoss, zog das kleine Röhrchen aus seiner Kitteltasche, öffnete es und hielt es Hassan über das Gesicht: «Das Beseitigen muss schnell gehen! Verstanden? Hier drin ist ein tödlicher Cocktail für dich, falls du das nicht in den nächsten Tagen hinkriegst.»

****

Dietger machte sich auf den Weg zur Kaffeemaschine, die im Aufenthaltsraum stand, und von da war es nicht weit zu den Sekretärinnen. Mit seiner Tasse wendete er sich ihnen ohne Eile zu. Auf jeden Fall hatte er sich einen Schwatz mit diesen liebenswürdigen Wesen verdient. Sie waren eigentlich immer gut gelaunt und auch bereit, einen speziellen Bericht vorzuziehen.

«Hallo.»

«Guten Tag, Dietger.»

Auch die Sekretärinnen vermieden es tunlichst, Dietger zu fragen, wie es ihm ginge, da sie seine negative und sehr ausführliche Antwort fürchteten.

«Ich habe eben einen Anruf bekommen wegen des Felsenbeins von gestern.»

Immerhin war er sicher, dass er es diktiert hatte.

«Wäre es möglich, es zu schreiben und gleich zu faxen?»

Eine der Sekretärinnen nahm ihre Kopfhörer ab und drehte sich gegen die Tür, wo Dietger immer noch mit seiner Kaffeetasse stand.

«Aber sicher. Weisst du, wo die CD ist, die wir mitschicken sollen?»

Nein, wusste er nicht. Die Lage wurde brenzlig. Hätte er den Anruf doch annehmen sollen? Er riskierte, sich um diese CD kümmern zu müssen.

«Ich glaube, das ist nicht nötig.»

«Der will normalerweise sogar Filme.»

Dietger seufzte und wollte das Thema wechseln.

«Wie geht es eigentlich deinem Hund?»

«Gut. Du, ich muss jetzt weitermachen. Leg die CD auf den Stapel dort, und ich faxe den Bericht. Er hat sogar gestern schon mal angerufen.»

Das Problem mit der CD würden sie selbst lösen können. Dietger fühlte sich erleichtert und schlenderte Richtung Rapportraum. Im Gang davor gab es den besten Natelempfang. Er setzte sich auf einen der freien Stühle und schaute sich die privaten SMS an, die im Verlaufe des Vormittags eingegangen waren. Sein Freund aus Italien war bereit, mit ihm in Mailand in die Oper zu gehen. Alles natürlich etwas kostspielig, aber er wollte sich bald an die Hotelsuche machen.

Joseph Bouzenar kam langsam, wild gestikulierend im Gespräch am Natel vertieft, ebenfalls Richtung Rapportvorraum beziehungsweise zum Hotspot, um sein Gespräch in besserer Qualität weiterführen zu können. Er sprach ein gepflegtes Französisch und schien mit seiner Mutter zu sprechen. Er trug leinene Bundfaltenhosen, Halbschuhe mit Ledersohlen und ein rosarotes Hemd. Seinen Kittel schien er vergessen zu haben, um seine gewählte Kleidung zur Geltung zu bringen. Seine Mutter lebte im Libanon. Er war dort aufgewachsen und von französischsprachigen Nonnen erzogen worden. Es schien seiner Mutter nicht gut zu gehen und er wollte sie überreden, zum Arzt zu gehen. Sein Vater war schon länger gestorben. Er selbst war knapp einem Kugelhagel entgangen und anschliessend emigriert. Er hatte in Frankreich eine Ausbildung als Radiologe begonnen und wollte sie hier in der Schweiz zu Ende zu bringen. Dies hatte sich aber als sehr schwierig erwiesen, da die Franzosen sein libanesisches Arztdiplom anerkannt hatten, die Schweizer aber nicht. Sie rechneten ihm zwar die Jahre zur Facharztausbildung an, aber ohne validiertes Arztdiplom konnte er keinen Schweizer Facharzt machen. Er hatte in den letzten Jahren zu der Ansicht gelangen müssen, dass er auch sein Arztdiplom nochmals würde machen müssen. Dies hatte ihn mehrere Monate in sehr schlechte Laune versetzt. Er war derart ungeniessbar gewesen, dass er es sich mit den meisten seiner Arbeitskollegen verscherzt hatte. Um sich einigermassen im Lot zu halten, hatte er jede freie Minute mit seiner Mutter telefoniert oder sich um seine Neffen gekümmert. Er hatte begreifen müssen, dass er fünf Jahre warten musste, um ein gleichwertiges Diplom erwerben zu können. Er rechnete jeden Dienstplan nach, um zu prüfen, ob es nicht irgendwelche Ungerechtigkeiten gab. Er schaute sich auch die Arbeitspläne genau an, um sicherzustellen, dass er nicht mehr arbeiten musste als seine Schweizer Kollegen. Jegliche Ungerechtigkeiten empfand er als rassistisch. Er hatte sich immer mehr in diese Kontrollmechanismen verstiegen, sodass er überreagierte. Er machte mittlerweile sogar weniger Dienst als seine Teilzeit arbeitenden Kollegen, da sich Xavier nicht mehr traute, ihn normal einzusetzen. Jeder Einsatz wurde mit ihm vorab besprochen, denn Joseph hasste nichts mehr, als dass er irgendwelche Überraschungen entdeckte, denen er eventuell nicht gewachsen war. Er liess sich jede Änderung des Dienstplanes sogar in die Ferien faxen, damit er reagieren konnte. Meistens betrafen die Änderungen nicht mal ihn selbst, sondern die Assistenzärzte. Aber auch da zählte er genau mit, wie viele Dienste er abgedeckt bekam von ihnen, insbesondere führte er eine Statistik, in welchem Ausbildungsjahr sich sein Dienstassistent befand und in welchen Ausbildungsjahren sich jeweils die seiner Kollegen befanden. Schliesslich war die Wahrscheinlichkeit, dass er gerufen wurde, umso grösser, je unerfahrener dieser Diensthabende war. Schon die Abweichung in den Dienstjahren um ein bis zwei Stufen führte dazu, dass er sich benachteiligt fühlte. Auch die Feiertage mussten für ihn stimmen, denn diese bedeuteten für ihn zusätzliche Tage, in denen er in den Libanon reisen konnte, ohne Ferien zu nehmen. Seine Teilzeit arbeitenden Kollegen sollten da hundert Prozent arbeiten, damit er frei nehmen konnte. Überhaupt nahm er fast grundsätzlich nur Ferientage in Wochen, wo sich mindestens ein Feiertag befand. Er war praktizierender Katholik und respektierte die Fastentage vor Ostern streng. Ostern und Weihnachten musste er einfach zu seiner Mutter reisen, um sie in die Kirche begleiten zu können.

Wegen des Abgangs der Departements-Chefin Ruth Amberg war Josephs Stellung in der Abteilung allerdings geschwächt worden. Mit ihr hatte er sich sehr gut verstanden. Mit seinem jetzigen Chef Hassan Jourdani hatte er Mühe. Seine Vormachtstellung war innert Kürze geschrumpft, denn Hassan schien ihn nicht als jemand Spezielles zu empfinden.

Hassan hastete an Joseph vorbei, raus aus seinem Büro, raus aus der Radiologie in Richtung Gynäkologie. Sein weisser Kittel streifte die leinenen Bundfaltenhosen von Joseph.

Dietger Franke störte sich daran, dass Joseph lautstark mit seiner Mutter telefonierte und liess diesen Gockel allein. Sowieso musste er weitermachen, wollte er mit dem Pensum durchkommen. Mittlerweile war Xavier vielleicht fertig mit der Abszessdrainage oder eigentlich noch besser, wenn er es nicht war, so konnte Dietger in Ruhe die Untersuchungen des Morgens aufdiktieren.

Dietger setzte sich an seine Konsole und loggte sich ein. Der Bildschirmschoner verschwand. Er aktualisierte das RIS und klickte auf das erste Abdomen des Morgens. Er liebte die akuten Abdomen. Er ging nochmal zurück zu seiner Liste, um die Untersuchung herauszupicken, die er während des Mittagsessens stattgefunden hatte. Diese hatte er schon gesehen und so konnte er den Bericht schnell fertigstellen.

«Dietger?», pfiff es aus dem Interfon.

«Ja.»

«Wir wären so weit.»

«Ja.»

Natürlich war er mitten im Satz und das Gespräch aus dem Interfon war nun auch auf dem Diktat. Er spulte zurück und formulierte den Satz neu. Er diktierte sogar noch den Schluss der Beschreibung und erhob sich dann, um in den Schaltraum zu gehen. Es stank mörderisch: eine Mischung aus Fäkalien und Tannenbaumparfum. Und es gab noch eine dritte Geruchskomponente: Schweiss. Die Abzessdrainage schien nicht einfach gewesen zu sein.

Dietger suchte Xavier in der Abteilung und fragte:

«Wie ist es gelaufen?»

«Gut, aber er hat sich bewegt zwischen den Planungsschnitten und dem Vorschieben.»

«So, und was war eigentlich gestern los?»

«Was soll denn gestern los gewesen sein?»

«Irgendwas ist doch gewesen gestern, in der Peripherie. Ich meine, alle waren aufgebracht und da war doch was.»

«Nein, nicht wirklich. Hassan war aufgebracht und hat im Flur telefoniert.» Dietger nervte sich über Xavier. Dem musste man die Würmer aus der Nase ziehen. Dabei war er meist der Bestinformierte der Abteilung. Xavier stand dem Chef, Hassan, doch sehr nahe und war mehr als seine rechte Hand. Er kümmerte sich um sämtliche Submissionsverfahren der neuen Geräte und war dementsprechend gut über die Budgetverhandlungen der Abteilung informiert. Er kannte auch alle politischen Hürden, denn diese schienen im Kanton besonders hoch. Ein neues Gerät musste bei derart vielen Kommissionen genehmigt werden, dass es praktisch unmöglich war, so etwas in einer Amtszeit durchzuziehen. Diegter hing seinen Gedanken nach und Xavier stand vor ihm. Er blickte verloren auf sein Natel.

«Tatsächlich, Hassan hat gestern versucht, mich anzurufen. Er muss sich geirrt haben, denn ich war ja für die Peripherie vorgesehen. Was wollte er von mir?»

«Das fragst du mich?»

«Es stimmt schon. Es gab ein Problem mit dem Auto. Ich hatte eine Art Panne, aber eigentlich ist es noch glimpflich ausgegangen. Du kennst doch diese Schwemmebene ganz hinten im Tal, mit den Pappeln, da wo man eigentlich wieder auf achtzig beschleunigen darf.»

«Ja, klar. Zwischen den zwei Weilern, neben der verlassenen Fabrik.»

«Ja, genau. Da ist mir schlecht geworden.»

«Ah, so.»

«Naja, ich bin dann runter von der Strasse und kam nicht wieder hoch.» Xavier wusste nicht, wieso er von der gestrigen Episode eine ganz andere Version in Umlauf brachte. Jemand hatte das Betriebsauto mit MEOPA vernebelt und er erzählte, dass ihm schlecht geworden sei. Aber er wollte Zeit gewinnen, um herauszufinden, wer das gewesen sein konnte. Wer hatte alles Zugang zu diesem Auto? Er würde nachher mal die Reservationsagenda in der Rezeption studieren.

«Ja, und dann?»

«Hat mich der Vater von einem der Sanitäter aus dem Tal da hinten mit seinem Traktor rausgezogen.»

26

«Jetzt geht es dir wieder besser?»

«Ja.»

«Heute Abend ist diese Weiterbildung, organisiert von Hassan und der Frau Direktorin.»

«Im vierten Stock, im Auditorium.»

«Gehst du da hin?»

«Ich muss wohl. Ruth hat es mir persönlich ans Herz gelegt. Sie will, dass ich erscheine. Allerdings bin ich da wohl eher eine Marionette.»

Dietger kratzte sich am Kopf, fuhr sich dann über seinen Bart und nickte. Xavier hatte ihm gerade etwas sehr Intimes anvertraut. Dass Xavier so offen mit ihm redete, war eine Seltenheit. Er durfte jetzt nicht nachfragen, denn eigentlich wusste er noch nicht, um was es eigentlich ging. Aber er würde hingehen, auch nur um diesen letzten Satz zu verstehen. Ruth war die medizinische Direktorin des Krankenhauses und ehemalige Chefärztin der radiologischen Abteilung. Ruth Amberg war ihm, Dietger, nicht wohlgesinnt, schien es aber auf den ersten Blick Xavier und Hassan gegenüber. Heute Abend sollten ein Pro- und ein Kontravortrag über Kardio-CT stattfinden. Hassan oder Ruth hatten einen Gegner des Kardio-CTs aus dem Universitätskrankenhauses des Nachbarspitals und einen privaten Radiologen für das Pro-Votum eingeladen.

Xavier setzte sich für den Ersatz des CTs ein, und es galt, die kostspielige Entscheidung zu treffen, ob sich die Anschaffung des Kardio-Moduls lohne oder eben nicht.

«Ja, dann also bis achtzehn Uhr dreissig oben. Ich glaube, anschliessend gibt es einen Apéro.»

Dietger bedankte sich für die Information und machte sich wieder an die Arbeit.

Er schlug die nächste Untersuchung auf: einen Hals-CT. Er liebte Hälse im Allgemeinen, natürlich etwas weniger als Felsenbeine, aber immerhin gab es da doch mindestens zwanzig Faszien, in denen man sich verlieren konnte. Er scrollte schnell durch, um zu sehen, ob er etwas entdeckte, bevor er die Anmeldung lesen würde. Da – ein heterogener Parotistumor, immerhin. Er suchte nach der Linie im Patientendatensystem mit der Anmeldung, fand jedoch nur gähnende Leere. Wahrscheinlich war dieser Hals an eine andere Untersuchung angehängt worden und dieser Parotistumor nur ein Zufallsbefund, dachte sich Dietger. Er schaute sich den Patientennamen auf den Bildern an: eine Chantal Matthey de l'Endroit. Also wahrscheinlich eine Patientin aus dem oberen Kantonsteil, ging es Dietger durch den Kopf. Jahrgang 1970, viel zu jung für die Differentialdiagnosen, die Dietger einfielen. Es gab keine zweite Zeile mit einer Chantal Matthey de l'Endroit. Er klickte auf eine andere Untersuchung, eine Routinekontrolle, angeordnet von einem hausinternen Onkologen. Er fand problemlos die Anmeldung und ratterte den Befund runter, da dröhnte es wieder aus dem Interfon:

«Dietger!»

«Ja!» Dietger beugte sich pflichtbewusst über das lästige weisse Walkie-Talkie, in das man so laut schreien musste, dass man es auch um die Ecke im Schaltraum des CTs hörte.

«Wir wären so weit!»

«Ja!»

Nach ein paar Sekunden Stille, plärrte es wieder:

«Ein Angio zum Starten.»

«Ich komme.»

Dietger legte das Mikrofon nieder und begab sich in den Schaltraum. Mittlerweile war die Spätschicht der Techniker am Ruder. Alles war bereit. Ein unglaublich höflicher Techniker hatte ihm die Anmeldung am PC neben der Konsole aufgeschlagen. Seine Kollegin testete die venöse Leitung und gab ihm gerade das Zeichen, dass alles okay sei. Dietger setzte sich auf einen freien Hocker und wartete. Als das Kontrastmittel in den Iliakalgefässen ankam, sagte er: «Go!»

«Wollen Sie eine Spätphase über die Unterschenkel?»

Dietger fiel das «Sie» auch nach Jahren auf und er freute sich über die höfliche, wenn auch etwas unterwürfige Frage. Er schaute sich die Kontrastmittelfüllung an und sah die deutliche Seitendifferenz. Deshalb bejahte er die Frage. Er blieb weiterhin auf seinem Hocker sitzen, sodass die Techniker sich fragten, was er denn wolle. Sie schauten ihn erwartungsvoll an.

«Wer hat denn heute Morgen den Hals gefahren?»

«Patrizia, sie ist schon nach Hause gegangen; sie hatte Frühschicht.»

«Wann kommt sie wieder?»

«Patrizia?»

«Ja!»

«Keine Ahnung. Oh, der Patient wird unruhig. Ich glaube, ihm wird schlecht.» Und zu seiner Kollegin gewandt, deutete der Techniker auf die Nierenschalen.

Dietger verzog sich diskret. Er wanderte zu den PEP-Ausdrucken mit dem Planungseinheiten der Techniker, die im Aufenthaltsraum angeschlagen waren. Er suchte Patrizia. Diese Pläne waren für ihn chinesisch. Mit etwas Glück konnte er herausfinden, ob sie morgen arbeitete, hingegen war es äusserst schwierig zu ermitteln, in welchem Raum und zu welcher Zeit sie eingeteilt sein würde. Er fand ein leeres Kistchen für das morgige Datum und anschliessend den Buchstaben N, was wahrscheinlich bedeutete, dass sie eine Serie von Nachtdiensten anfangen würde. Er schlurfte notgedrungen zurück zu seinem jetzigen Team. Er würde versuchen, sie um die Anmeldung des Hals-CTs zu bitten. Er stand wieder im Schaltraum. Der Patient sass mittlerweile aufrecht auf dem Untersuchungstisch mit einer Nierenschale in den Händen. Beide Techniker standen neben ihm. Der immer höfliche redete auf den Patienten ein, während er die Infusionsschläuche entwirrte. Die Kollegin bemühte sich, die Decke und das Kniekissen vor allzu grober Verschmutzung zu retten. Dietger sollte sich dem Patienten wohl annehmen. Er schaute auf dem Bildschirm nach dem Namen und fragte ihn nach seinem Befinden. Der Patient keuchte arg und war übersäht mit roten Flecken. Zu den Technikern gewandt sagte Dietger:

«Gebt ihm bitte ein Ampulle Tavegyl i. v.»

Und zum Patienten gewandt, wenn auch mit gebürtigem Abstand, sagte er:

«Sie sind wohl allergisch auf unser Kontrastmittel, aber das wird schon wieder. Sind Sie mit dem Auto hier?» Tavegyl beeinträchtigte die Fahrtüchtigkeit.

Krächzend kam ein: «Ja.»

«Dann müssen Sie sich abholen lassen. Warten Sie noch ein bisschen in der Eingangshalle, aber normalerweise gehen die Flecken in der nächsten halben Stunde weg.»

Der «Klumpungseffekt», auf Französisch «La loi des séries», ein in der Medizin wichtiger Lehransatz.

Gedankenverloren sagte er zu sich: «Seit Jahren hatte Dietger keine allergischen Zwischenfälle mehr gehabt, heute gleich zwei.»

Zu den Technikern gewandt: «Ein Unglück kommt selten allein.»

Dietger verzog sich wieder in den Schaltraum und fragte sich, ob er warten sollte, bis die Techniker fertig waren. Er hatte immer noch keine Anmeldung für sein Hals-CT und war darüber hinaus davon überzeugt, dass die Bilder zu einem älteren Patienten gehören mussten. Die Knochen gehörten nicht einer gut Vierzigjährigen, sondern zu einem mindestens Siebzigjährigen. Er machte noch einen Versuch an der Anmeldung. Mittlerweile war es achtzehn Uhr und der Schalter war nur noch von einer Rezeptionistin besetzt. Diese hing am Telefon. Dietger wartete geduldig auf das Ende des Gesprächs, während er in die Eingangshalle hinunterblickte. Sie erklärte offensichtlich einer Patientin das Prozedere einer Anmeldung. Als sie auflegte, klickte sie noch eine Weile wie wild auf ihre Tasten und wandte sich ihm dann zu. Dietger sah Ruth Amberg mit Ludovic Debroise, dem Chefarzt Gynäkologie, und mit Francesco Devillo, dem Chefarzt der Medizin, reden.

«Solltest du nicht hoch gehen zu dieser Weiterbildung?»

«Xavier sagte, die beginne erst in einer halben Stunde.»

«Schon, aber die anderen sind schon hoch. Nur so. Ich meine, du solltest doch auch mitkriegen, was die da machen. Wäre nett, uns anschliessend aufzuklären. Ruth Amberg war eben hier und hat mit Hassan die Runde gemacht, dass alle anwesend sein sollten.»

«Wer hat heute Morgen die Patientin vom Hals-CT empfangen?» Dietger erwähnte bewusst ihren Namen nicht.

«Oh, diesen nach Alkohol stinkenden, älteren Herrn, der unbedingt im Raucherstübchen unten abgeholt werden wollte. Partout wollte der nicht hier im Wartezimmer warten. So ein mühsamer Kerl!»

«Ja, wahrscheinlich der.»

«Das war Annabelle.»

«Aber du hast es mitgekriegt?»

«Ja, sie hörte nicht auf, über ihn zu schimpfen.»

«Wo ist die Anmeldung?»

«Gescannt.»

«Nein, ist sie nicht.»

«Wie war noch der Name?»

«Das ist eben gerade das Problem.»

«Wieso?»

«Ich glaube, dass die Untersuchung unter einem anderen Namen aufgezeichnet wurde.»

«Heute war aber nur ein Hals.»

«Immerhin, das scheint eindeutig.»

«Es war ein vom Hals-Nasen-Ohren-Arzt Zugewiesener, mit Kopie an seinen Hausarzt. Und es war kurz nach meiner Kaffeepause. Lass mal sehen.» Sie scrollte das CT-Programm des heutigen Tages runter und fand problemlos:

«Paul Schnyder.»

«Gut. Jahrgang?»

«1933.»

«Passt schon eher.»

«Zu was?»

«Zur Untersuchung. Wo ist denn die Anmeldung?»

Die Rezeptionistin erhob sich und schlenderte zu den Kisten mit den Papieranmeldungen. Sie nahm einen Stapel aus der «R-S-T-Kiste» und begann, ihn durchzublättern.

«Was war gestern eigentlich mit Xavier los?»

«Keine Ahnung, irgendwas mit dem Spitalwagen. Wieso?»

«Hier. Paul Schnyder, Jahrgang 33. Verdacht auf Parotistumor. Staging.»

«So, dachte ich mir es doch. Es gibt aber keine Zeile im Patientendaten-programm für diese Untersuchung.»

«Komisch, aber diese Matthey de l'Endroit, war die nicht für ein Transit da?»

«Was weiss ich. Ich war den ganzen Tag im CT. Und Patrizia, hm, ja, öh ...»

«Aber ich kann doch jetzt nicht alle Namen ändern.»

«Wir werden das morgen klären müssen. Womöglich muss ich mit allen reden, um die Patienten zu identifizieren. Oh, Gott. Das könnte kompliziert werden. Patrizia fängt erst übermorgen eine Serie Nachtdienste an. Vorher kommt die gar nicht in die Abteilung.»

Eine Studie zu unerwünschten Ereignissen im Spital ergab, dass ein geringer Prozentsatz der Behandlungsfehler auf Verwechslung der Identität zurückzuführen sei.

«Wo sind die Bilder des Transits?»

«Weiss der Geier. Aber ich werde eine Notiz am PC des Durchleuchtungs-raumes anbringen, dass wir das regeln müssen.»

Dietger ging zurück ins CT. Der Patient war mittlerweile im Vorraum und zog sich an. Er atmete immer noch schwer. Den Venenzugang hatten die Techniker zum Glück belassen. Dietger verordnete noch eine Ampulle Kortison und sagte dem Patienten, dass er auf die Notfallstation gehen müsse, um sich vier Stunden überwachen zu lassen.

Allergische Reaktionen auf Kontrastmittel mit Hautausschlag und Atemwegs-verengung treten in 0.7 Prozent der Injektionen auf. Davon erleiden 0.04 Prozent der Patienten einen Herzstillstand. Die meisten überleben, wenn die entsprechenden Massnahmen getroffen werden. Die Todesrate bleibt jedoch eindrücklich: 0.9 Patienten auf hunderttausend Injektionen sterben.

Dietger wollte weiterhin ruhig schlafen können und zudem wollte er jetzt endlich zu dieser ominösen Weiterbildung gehen. Er schaltete seinen Sucher ab und begab sich in den vierten Stock. Die Reden waren schon voll im Gange. Der Genfer Kollege hielt sich brav an die Fakten und plädierte für die Kardio-CT-Untersuchung. Der universitäre Affe aus dem Nachbarkanton plusterte sich fruchtbar auf und war als Kardiologe klar dagegen, dass seine Kollegen aus der Radiologie sich am Herzen zu schaffen machten. Er wollte als interventionell tätiger Kardiologe entweder Herzkatheter-Untersuchungen durchführen oder aber am MR-Kuchen knabbern. Dietger sah die schiefen Mienen von Xavier und – man staune – von Hassan. Der frass ja der Amberg normalerweise aus der Hand. Aber jetzt schien seinem sonst sehr ruhigen Chef das Pokerface abhandengekommen zu sein. Hassan sass da und schüttelte kaum merklich den Kopf. Xavier rieb sich den Bart und schaute immer wieder auf sein Natel. Dietger fragte sich einmal mehr, was da vorging.

Kapitel 4

Xavier ging nach der Weiterbildung direkt zu seinem Privatwagen in der Tiefgarage. Er war sicher, dass ihm jemand bös wollte. Seine Sinne waren geschärft. Er näherte sich seinem Auto und schaute es sich von allen Seiten an, bevor er einstieg. Er schnüffelte ein bisschen und öffnete sicherheitshalber das Fenster. Nun, wahrscheinlich würde der Bösewicht ja nicht zweimal gleich vorgehen.

Als er Richtung Autobahn einbog, fiel ihm ein, dass heute Abend der Verwaltungsrat eine wichtige Sitzung haben sollte. Die Huguenin-Morel, Verwaltungsratspräsidentin, würde vielleicht etwas frischen Wind in die Gesellschaft bringen. Ansonsten war der Verwaltungsrat in seinen Augen ein unfähiger Handlanger der Regierung. Entweder stand er in ihrer Schuld oder waren von Berufs wegen nicht imstande, eigene Strategien zu entwickeln. Die zwei Hauptstandorte waren beide defizitär und würden es immer bleiben, solange die Gynäkologen die ambulanten Untersuchungen separat in eigener Rechnung abrechnen durften. Die radiologischen Abteilungen dienten der Querfinanzierung der chirurgischen und gynäkologischen Aktivitäten. Die Chirurgen und die Gynäkologen haben ihre Patienten. Diese hatten keine andere Wahl; sie mussten ins Spital, denn man konnte nicht mehr ambulant gebären und die meisten Leute liessen sich nur operieren, wenn es sich nicht vermeiden liess, und das war naturgegeben bei älteren Patienten der Fall. Auch die Orthopäden brauchten sich im Grunde nie Gedanken zu machen über mangelnde Patienten. Protheseneinsetzen brachte viel Geld ein. Das hatte sogar das hiesige Krankenhaus begriffen, aber die privaten Krankenhäuser hatten sich das längst unter den Nagel gerissen. Im öffentlichen Krankenhaus wurden praktisch keine elektiven Prothesen eingesetzt. Die Löhne waren nicht vergleichbar mit denen eines Privatkrankenhauses, ein Orthopäde für Hüftprothesen hatte nie an Land gezogen werden können. Auch der Fussorthopäde würde sich bald wieder abseilen, denn das Operationsprogramm war voll und er musste dafür kämpfen, dass er einen Saal bekam.

An all das dachte Xavier, während er sein Auto fast wie in Trance steuerte. Erst als er zu Hause in der Garage angekommen war, konnte er sich wieder auf das «Jetzt» konzentrieren. Er kontrollierte die Benzinanzeige und nahm seine kleine Bauchgürteltasche vom Beifahrersitz. Er würde morgen früh tanken müssen. Er

34

schloss sein Auto und die Garage ab, ging durch den direkten Kellereingang nach oben, wo ihn seine Frau erwartete.

****

Hassan war in seinem Büro. Er stellte sich ans Fenster und rief seine Vorgängerin und jetzige medizinische Direktorin, Ruth Amberg, an: «Diskutiert ihr die Löhne heute Abend?»

Ruth hielt sich an die Höflichkeitsfloskeln: «Hassan, wie geht es dir?»

«Danke, es geht mir gut, das heisst nein, es gibt da etwas zu besprechen.»

«Ich habe jetzt keine Zeit, ist es wirklich so dringend?»

«Ich werde das Spital verlassen, Ludovic ist mir eine Kategorie zu gross und zu brutal.»

«Oh, hat er dich unter Druck gesetzt? Das ist nicht nett, aber vergiss es. Ich muss jetzt gehen. Wir telefonieren morgen.»

«Mach's gut, Allah sei mit dir!»

****

Am gleichen Abend fand die Verwaltungsratssitzung statt. Sie waren unter sich. Nadine Huguenin-Morel eröffnete die Sitzung. Im Verwaltungsrat sassen sieben Personen, die unterschiedlichster Herkunft waren, unterschiedliche berufliche Hintergründe hatten und auch unterschiedliche Interessen in der Gesundheitspolitik vertraten. Persönlich waren sie ebenfalls sehr unterschiedlich motiviert. Natürlich ging es den meisten primär um den kleinen Zusatzverdienst, aber um zu diesem zu kommen, musste man schon sehr gut vernetzt sein. Man kam nicht in den Verwaltungsrat wegen seiner Kompetenzen. Die gut frisierte Krankenschwester hatte es nur dank den Beziehungen ihres Onkels zum gynäkologischen Chefarzt geschafft, in den Verwaltungsrat gewählt zu werden. Der Nephrologe vom oberen Kantonsteil war reingerutscht, weil er Beziehungen zum Nachbarkrankenhaus in höchster Ebene gepflegt hatte bei seiner früheren Tätigkeit. Die beiden Jungökonomen waren über ihre Studentenverbindung und die Fanfarengruppe reingekommen. Der Kantonsarzt hatte im Grunde genommen rein gar nichts in diesem Verwaltungsrat verloren, zumal er durch seine Tätigkeit im Verwaltungsrat zu

Informationen gelangte, die ihm nützlich waren bei seinen Amtshandlungen als Kantonsarzt.

Die Verwaltungsratspräsidentin selbst stammte aus Genf, war von dort aus einer Chefetage der Personalabteilung direkt in ihre Position gehievt worden. Eigentlich fühlte sie sich neutral, aber auch sie hatte ihre Fäden spinnen müssen, um in ihre jetzige Position zu gelangen. Nadine war die Stiefschwester des aktuell amtierenden Regierungsrates, der das Gesundheitsdepartement unter sich hatte. Das wussten zum Glück die wenigsten, aber natürlich gab es Mitwisser.

Jetzt sass sie am ovalen Biedermeiertisch, hatte ihren Laptop dabei, aber ihn noch nicht geöffnet. Vielleicht würde sie ihn nicht brauchen. Sie hatte sich gut auf die Sitzung vorbereitet. Eine Sekretärin aus der Direktion sollte Protokoll führen. Diese hatte auch die Traktandenliste aufgestellt. Einerseits schätzte Nadine diese Frau, andererseits war ihr klar, dass auf diesem Weg etwas raussickern konnte, was nicht für externe Ohren bestimmt war, schon gar nicht für die Presse.

Ihre eigenen Notizen hatte sie ausgedruckt und anschliessend auf ihrem Laptop gelöscht. Sie hielt ein Dokument in den Händen, vom dem niemand erfahren sollte, zumal es sowohl Fakten über die Löhne der Chefärzte enthielt als auch ihre eigenen Notizen:

– Ludovic Debroise, Chefarzt Gynäkologie, alteingesessen, seit 2001 in seiner Stellung, operativ tätig, 100 % der medizinischen Leistungen aller seiner Operationen entspricht seinen Zusatzleistungen; 30 % der medizinischen Leistungen der von den Oberärzten durchgeführten Operationen, Grundgehalt einer 90-%-Anstellung. Daneben stand in ihrer zierlichen Handschrift, *den Kündigungsdrohungen bzw. Drohungen um die Lohnfortzahlungen entgegenwirken?*

– Laura Wurzel, Chefärztin Pädiatrie, seit 2006 in ihrer Stellung, aus dem Nachbarkanton, pendelt, 80 % Grundgehalt. *Unwichtig?*

– Guillaume Prosper, Chefarzt Onkologie, seit 2014 in seiner Stellung, Deutscher, Familie nachgezogen, 100 % Grundgehalt. *Unwichtig?*

– Francesco Devillo, Chefarzt Medizin, seit 1999 in seiner Stellung, zwei Jahre vor seiner Pensionierung, aus Bern stammend, langer Arm des Inselspitals, 100 % des Grundlohnes. *Vernetzt?*

– Hassan Jourdani, Chefarzt Radiologie, türkischer Herkunft, Ausbildung in Basel, von Ruth Amberg eingesetzt, 100 % Grundlohn. *Spielball?*

– Martin Lambert, Chefarzt Chirurgie, von hier, fünf Jahre vor seiner Pensionierung, 100 % Grundlohn und 100 % auf alle medizinischen Leistungen seiner Operationen. *Vernetzt?*

Daneben standen die genauen Zahlen der Einkommen und mit Pfeilen waren einige Netzwerke eingezeichnet.

Das erste Traktandum begann mit einer heftigen Diskussion, ob das Gesamtbudget wieder auf die einzelnen Abteilungen zurückbuchstabiert werden könnte. Die beiden Jungökonomen waren sich da absolut sicher. Nadine wusste jedoch aus Erfahrung, dass alle Zahlen nur grobe Schätzungen waren und die einzelnen Abteilungen nur Neuanschaffungen angeben mussten, die Löhne jedoch sich auf das ganze Spital bezogen. Sie beschlossen, dass der Direktor der Finanzabteilung diese Zahlen für die einzelnen Abteilungen nachliefern müsse.

Das zweite Traktandum war schon kniffliger: Die Direktion wollte in zwei Wochen einen neuen Gesamtarbeitsvertrag vorlegen. Nadine Huguenin-Morel war in Gedanken ganz wo anders, sie fühlte sich gefangen in dem Machtgefüge dieses Krankenhauses. Sie war wohl von aussen gekommen, aber ihr Handlungsspielraum war sehr beschränkt. Sie kritzelte auf ihren Notizen herum und verzierte die einen Namen mit Dornen, andere mit Smileys.

****

Im ersten Stock des Hauptgebäudes war der Spitalalltag noch voll im Gange:

Patrizia hatte Nachtdienst und eine ihrer Aufgaben war, sich die Anmeldungen und Sicherheitsfragebögen der MR-Patienten des nächsten Tages durchzusehen. Ein Patient hatte den Fragebogen nicht ausgefüllt, war aber ambulant und würde dies kurz vor seiner Untersuchung tun. Zwei waren von den Stationsärzten für demente Patienten ausgefüllt worden. Patrizia wusste, dass diese Assistenzärzte sich ihrer Verantwortung nicht bewusst waren.

Traditionellerweise sind bei MRI-Untersuchungen Herzschrittmacher kontraindiziert. Ein MRI ist ein ganz starker Magnet und von zehn Todesfällen ist Ende der 80er-Jahre berichtet worden. Diese sind nur spärlich dokumentiert. Über die Todesursache kann nur spekuliert werden, aber wahrscheinlich erhitzen sich die Kabel und elektrische Phänomene wie das Kammerflimmern sind dafür verantwortlich. Schlimmstenfalls durchbohrt das erhitzte Kabel die Herzwand.

Falls diese Patienten einen Herzschrittmacher hatten, dies aber wegen ihrer Demenz nicht angeben konnten, war der behandelnde bzw. unterschreibende Arzt dafür verantwortlich. Natürlich ging es nur um Informationen, schlussendlich stand der zuständige Radiologe für seine Untersuchung als Verantwortlicher dar. Patrizia kannte ihre Rolle genau, sie hatte gar keine Verantwortung, allenfalls konnte von delegierter Verantwortung die Rede sein, zumal normalerweise diese Fragebögen von den Technikern kontrolliert werden mussten. Sie hatten die Anweisung, keinen Patienten mit einem Herzschrittmacher in den Raum zu lassen. Die Elektroden des Schrittmachers konnten sich erhitzen und da sie im Herzmuskel implantiert waren, diesen durchbohren. Der Patient wäre innert Sekunden unrettbar dem Tode geweiht. Patrizia war eine Weile in Gedanken gewesen, legte jetzt aber die zwölf Zettel in die dafür vorgesehene Mappe. Den Rest sollten ihre Kollegen vom Tagdienst kurz vor der Untersuchung regeln. Sowieso sollten das ihrer Meinung nach die Radiologen selber machen. Morgen wäre Dietger im MR. Sie würde ihren freien Tag geniessen, zumal die Nächte doch so ruhig waren, dass sie zu vier bis fünf Stunden Schlaf kam. Ein zusätzlicher Mittagsschlaf und der Tag war geritzt.

****

Am nächsten Tag kam Dietger ziemlich verschlafen zum Dienst. Heute würde er an einem Platz weiter links arbeiten, er war also beim MRI eingeteilt. Er startete den Computer und die Lesestation auf.

«Dietger?», dröhnte es aus dem Interfon.

«Ja.»

Dann kam nichts. Nach einigen Sekunden schlurfte ein Techniker heran.

«Wir haben kein Protokoll für den zweiten Patienten.»

«Und der erste?»

«Der sitzt noch im Wartezimmer. Er war verspätet, hatte noch keinen Sicherheitsfragebogen und so haben wir den zweiten von den Hospitalisierten bestellt.»

Dietger machte sich daran, die Untersuchungen mit Protokollen zu versehen. Der Techniker bereitete den Patienten vor. Auf dem Bildschirm, der oberhalb der Befundungsstation aufgestellt war, passierte gar nichts. Dietger brauchte dringend einen Kaffee und gab sich mit den ersten fünf Zeilen beziehungsweise Patienten zufrieden. Diese hatten jetzt ein Protokoll.

Nadine Huguenin-Morel sass an ihrem Schreibtisch im Verwaltungsgebäude und liess sich die gestrige Sitzung durch den Kopf gehen. Sie waren im Grunde genommen kein Stück weiter. Die Buchhaltung dieses Krankenhauses war eine reine Katastrophe. Jahrelang war schludrig gearbeitet worden. Das Buchhaltungsprogramm war veraltet und die Rechnungsstellung so im Verzug, dass sich der Jahresabschluss fast neun Monate hinzog. Der SwissDRG war immer noch nicht in die Praxis der Buchhaltung miteinbezogen, nach wie vor wurden die Rechnungen nicht nach Nebendiagnosen gewichtet, was das Spital bzw. den Kanton Millionen kostete und den Vergleich mit Spitälern gleicher Grösse in Nachbarkantonen verunmöglichte. Die einzelnen Abteilungen konnten im Jahresbudget nicht erkannt werden, so konnte man im Grunde auch keine Fehler oder grobe Defizite ausmerzen. Das Geld floss in grossen Mengen in die Löhne der operativ tätigen Ärzte, aber die Zahlen konnten nicht belegen, ob sie tatsächlich entsprechend viel Umsatz generierten. Das zweite Traktandum würde bei einer Informationsveranstaltung eine Bombe. Die medizinische Direktorin und der administrative Direktor hatten in jahrelanger Arbeit mit unzähligen Sitzungen einen neuen Gesamtarbeitsvertrag erstellt, der wohl auch für achtzig Prozent so angewendet werden könnte, aber den Verträgen der einzelnen Ärzte würde er nichts entgegenbringen. Die operativ tätigen Ärzte, die Gynäkologen und die Chirurgen inklusive Orthopäden, hatten individuelle Verträge. Jeder einzelne Vertrag war mit der Direktion ausgehandelt worden. Keiner glich dem anderem und wahrscheinlich wussten die meisten nicht, wie der Vertrag vom anderem aussah. Aber alle entsprachen hundertprozentig nicht dem neuen kollektiven Arbeitsvertrag.

Die Direktionssekretärin brachte das Protokoll der gestrigen Sitzung zusammen mit einem Kaffee.

«Guten Morgen! Sind Sie gut nach Hause gekommen?»

«Nein, ich habe hier übernachtet. Haben Sie Frau Amberg schon gesehen?»

«Ja, sie ist drüben in ihrem Büro.»

«Hat sie das Protokoll schon gesehen?»

«Ja.»

«Das geht nicht. Wenn das noch einmal vorkommt, hat das Konsequenzen.»

«Aber sie steht doch sowieso auf dem Verteiler.»

«Ja, aber ich möchte und muss es zuerst lesen, bevor es rausgeht.»

«Oh, das wird nicht wieder vorkommen. Tut mir leid.»

Die Direktionssekretärin hatte wieder einmal ihre Kompetenzen überschritten. Nadine Huguenin-Morel fragte sich manchmal, wer hier eigentlich die Leitung hatte, die Sekretärin oder Frau Amberg.

****

Dietger Franke schmorte mittlerweile in der Eingangshalle, die schon ab elf Uhr Temperaturen über dreissig Grad aufwies, und schaute gedankenverloren zum Verwaltungstrakt. Vor sich hatte er einen Kaffee und ein Croissant. Den Sucher hatte er oben neben seiner Konsole vergessen. Im ersten Stock war eine Fensterreihe, knapp zu erkennen dahinter befanden sich Büsten von Persönlichkeiten, die in der Geschichte des Krankenhauses wichtig waren. Dietger war nur zweimal dort oben gewesen. Beide Male kurz nach seiner Einstellung, um administrative Dinge zu regeln.

Joseph Bouzenar, ein Kollege aus der Radiologie, durchquerte schnellen Schrittes die Eingangshalle und verliess das Spital. Dietger schaute auf seine Uhr, es war gerade mal Viertel vor zwölf. Wo sein Kollege wohl hinwollte? Dietger räumte sein Tablett mit dem Geschirr in den dafür vorgesehenen Wagen und kehrte an seinen Arbeitsplatz zurück. Er schaute auf sein blinkendes Telefon, vier Anrufe in Abwesenheit.

40

Kaum hatte er die erste Anmeldung gelesen und zum Diktat angesetzt, klingelte es wieder. Der MRI-Techniker:

«Wir haben noch kein Protokoll für den Nächsten und wären zur Abnahme bereit, bevor wir Kontrastmittel geben sollten.»

«Ich bin da.»

Dietger schaute sich die Bilder an vom Patienten, der in der Röhre lag, und gab sein Okay für die Kontrastmittelinjektion.

«Und übrigens, die Nächste hat eine künstliche Aortenklappe, von der wir nicht wissen, ob sie MRI-kompatibel ist. Sie sitzt schon gestochen in der Vorbereitung.»

Dietger begann zu kochen. Wie sollte er innert fünf Minuten zu den Unterlagen kommen? Wieso hatten die Techniker ihr eine Leitung gelegt, obwohl noch nicht mal klar war, ob seine Klappe MR-tauglich war?

«Zieht bitte einen Hospitalisierten vor, ich kümmere mich um die Klappe.»

Dietger zögerte, wandte sich der Vorbereitung zu und fragte die im Nachthemd dasitzende Dame:

«Sie hatten eine Herzoperation. Wo ist das gemacht worden?»

Die Dame lutschte an ihrem Gebiss und starrte vor sich hin. Sie gab keine Antwort.

Dietger wandte sich wieder seiner Konsole zu und rief ihr Dossier auf. Leider hatte die Frau noch keine MRI-Untersuchung in ihrer Vergangenheit. Da! Immerhin ein Thorax-Bild von vor sieben Jahren. Dietger klickte auf die Voruntersuchung und langsam begann das PACS zu blinken, bevor es abstürzte.

Dietger schloss alle laufenden Programme und startete sie wieder. Das würde sieben Minuten dauern. Joseph war eigentlich zum CT eingeteilt, aber offensichtlich in der Mittagspause. Der Bildschirmschoner war noch nicht zu sehen, Dietger hatte also Zugang zur Sitzung von Joseph. Er versuchte nochmals, die alten Bilder der Dame mit der Herzklappe aufzurufen. Langsam, aber stetig öffnete sich das Bild. Dietger schluckte zweimal leer:

Die Patientin hatte keine künstliche Klappe, sondern einen Herzschrittmacher!

Er erhob sich langsam und blies geräuschvoll Luft über seine Lippen. Sein Gehirn arbeitete langsam, aber nun begann er sich massiv zu ärgern. Das Adrenalin schoss ihm durch die Adern. Zuerst war er nur zu einem Selbstvorwurf fähig. Er ärgerte sich, dass er sein Telefon hatte liegen lassen. Langsam begann er jedoch auch die Techniker zu verfluchen, die ihre Arbeit nicht machten. Sie konnten sich einfach alles leisten. Wutentbrannt lief er zur MR-Konsole. Er versuchte, tief durchzuatmen und sich wieder etwas zu beruhigen, was ihm aber nur mässig gelang.

«Die Patientin in der Vorbereitung bekommt kein MRI.»

Fragend schauten ihn die beiden Techniker an. Fast im Chor antworteten sie:

«Und wieso nicht?»

«Sie hat einen Herzschrittmacher, sofern es sich wirklich um Frau Mayer Mathilde handelt.»

«So, dann nehmen wir das Knie dran aus dem Wartezimmer, sein Smiley ist eh schon rot.»

Patienten, die sich an der Rezeption anmeldeten, bekamen ein grünes Smiley, welches sich nach einer Viertelstunde rot verfärbte.

«Wer hat gestern die Anmeldungen durchgeschaut? Interessiert euch denn gar nicht, wie es zu diesem gravierenden Fehler hatte kommen können?», fragte Dietger immer noch schwer atmend die beiden.

«Schon, aber wir haben fast anderthalb Stunden Verspätung. Dieser Ausfall lässt uns mindestens vierzig Minuten aufholen.»

Dietger drehte sich um und ging zurück zu seiner Konsole. Da riefen ihn die CT-Techniker. Er solle nur kurz auf die Untersuchung schauen.

Dietger liess sich die Anmeldung aufschlagen und scrollte durch die Bilder. Ein Thorax-CT. Er begann langsam von unten her Bild für Bild zu anzuschauen. In Gedanken war er immer noch bei dem Sicherheitsfragebogen der MRI-Patientin. Wieso war dort eine Herzklappe vermerkt, obwohl die Patientin einen Herzschrittmacher hatte?

Mittlerweile war er in der oberen Thoraxhälfte angelangt. In der Vena innomminata klebte eine grosse Luftblase. Er blieb auf diesem Bild stehen und schob den Cursor vor die Luftblase. Zusätzlich kreiste er sie noch mit einer Dichtemessung ein.

Luftembolien sind seltene Komplikationen von verschiedenen medizinischen Eingriffen. Luft sollte eigentlich nicht in unser Gefässsystem gelangen. Die Luft kann wie ein Pfropfen die kleine Röhre verstopfen. Dies kann zu Hirnischämien führen, selten auch zum Tod. Bei Patienten, die einen peripheren venösen Zugang erhalten haben, kann es zur Luftembolie kommen.

Die Techniker waren dabei, den Patienten aus dem CT rauszufahren. Dietger schaute auf und beobachtete die beiden. Wenn sie den Patienten jetzt runternahmen, würde er einen Wutausbruch nicht mehr verhindern können. Aber sie machten sich nur an der Leitung zu schaffen. Dann begann der eine den Materialwagen aufzuräumen. Der andere setzte dem Patienten die Brille auf und kam zu Dietger.

Dietger blieb stumm. Er wusste, dass in den meisten Fällen eine Luftembolie harmlos verfiel, denn die meisten Menschen besassen keinen Shunt zwischen der rechten und linken Herzkammer. Die Luft wurde im Lungenkapillarnetz aufgefangen. Trotzdem war es fahrlässig. Schludrige Arbeit. Er blickte auf den Monitor und hoffte, dass der Techniker wenigsten genug Selbstkritik hatte, um seinen Fehler zu bemerken.

Dietger sass also stumm auf dem Hocker vor der Bedienungskonsole und kochte innerlich. Wieso machte er die Arbeit von Joseph? Joseph Bouzenar war sein persönlicher Feind in der Abteilung. Dieser hatte in der Zeit, als Ruth Amberg Chefin war, keine Gelegenheit ausgelassen, ihn vor den anderen Kollegen zu kritisieren. Ruth Amberg hatte dank der Information von Joseph von seinen sämtlichen Kaffeepausen, seinen besuchten Internetseiten, seinen Fehlern, von seinem Zuspätkommen erfahren. Er hasste ihn und doch sass er da. Dem Patienten zuliebe, allenfalls noch den Technikern zuliebe.

Endlich wandte der Techniker seine Augen auf den Bildschirm und schaute auf den Pfeil des Cursors und die eingekreiste Stelle.

«Es war Luft in der Leitung.»

Dietger konnte durch einen tiefen Atemzug einen Schreianfall abwehren.

«Ja.»

«Mein Kollege hat gespült, ich sass am Schaltpult.»

«Mhm.» Ob er wohl den Mut hatte, ihn zu holen. Dietger wartete weiterhin. Der Schweiss lief ihm kalt den Rücken runter. Heute war nicht sein Tag. Vor zehn Minuten die Geschichte mit dem Herzschrittmacher und jetzt musste er ihnen beibringen, dass auch das Spülen mit sehr viel Sorgfalt wichtig war. Er fühlte sich nicht verantwortlich dafür. Das war nicht seine Arbeit.

Endlich glotzten beide auf den Bildschirm.

Dietger wartete auf einen Kommentar. Der kam aber nicht. Sie blieben beide still.

Dietger hatte langsam Hunger, er erhob sich, das MR-Interfon quiekte.

«Runternehmen!»

Nochmals atmete er tief durch. Sie schienen ihren Fehler kapiert zu haben. Dann ging er langsam zum Lift, um essen zu gehen

Kapitel 5

Xavier fuhr um sechs Uhr dreissig los. Er hatte gut geschlafen und sich von den gestrigen Strapazen erholt. Er hatte seiner Frau von seinem Unfall erzählt. Dabei hatte er einige Details weggelassen, aber doch erwähnt, dass er wahrscheinlich vergiftet worden war und dass er deshalb die Kontrolle über sein Fahrzeug verloren hatte. Sie hatte es ihm nicht geglaubt. Die Geschichte war absurd, das musste er zugeben. Niemand würde ihm glauben. Wenn er zur Polizei gehen würde, wäre diese machtlos. Das Krankenhaus war für alle ein Ort, wo man Hilfe bekam. Man wurde behandelt. Misstrauen war sicher auch da und gerechtfertigt, aber es bezog sich meistens auf gewisse Abläufe, die zu stereotyp waren. Viele Menschen wollten für ihre betagten Angehörigen keine lebensverlängernden Massnahmen. Das war ein ganz anderes Thema als Gewalt unter Mitarbeitern. Davon war in der Bevölkerung nichts bekannt. Wenn Xavier von Rivalitäten unter Kollegen erzählte, wirkte er für seine Frau offensichtlich nicht glaubhaft. Jetzt war es ein eher mysteriöser Übergriff. Xavier wusste nicht mal, wer dafür in Frage käme. Er wusste auch nicht, wem er im Wege stand. Aber da musste ein Thema für jemanden schon sehr tiefschürfend sein, dass er ihn aus dem Weg räumen wollte. Er fuhr sein Auto routiniert dem See entlang, änderte seine Geschwindigkeit von sechzig auf achtzig und wieder zurück, denn er kannte alle Radarfallen bestens. Noch hatte er zehn Minuten vor sich, um sich eine Strategie zu überlegen. Er wollte mit seinem Chef Hassan Jourdani reden. Er wollte ihn einweihen, denn er musste Verantwortung übernehmen.

Aber war es nicht besser zu schweigen?

Xavier erinnerte sich jetzt an einige Sitzungen, in denen Hassan nicht auf seiner Seite gewesen war. Es war um grosse Neuanschaffungen gegangen. Hassan hatte immer die Meinung von Ruth Amberg übergenommen. Xavier hatte versucht, sachlich zu bleiben und die Laufzeiten von CT und MRI erörtert. Er war häufig abgeblitzt. Er hatte sich zurückgezogen. Sie hatten ihn wieder konsultiert. Schliesslich liefen eine Reihe Lizenzen auf seinen Namen, da er die Interimsleitung gehabt hatte, bis Hassan angefangen hatte.

Er würde mit Hassan reden, um mehr zu erfahren, aber er würde sich vortasten, ohne von seinem Übergriff direkt zu erzählen. Xavier traute eigentlich niemandem wirklich; und das schon sehr lange.

Xavier zog sich um und sprach anschliessend mit Hassan. Sie blieben sehr oberflächlich. Er erfuhr nichts. Hassan machte auf ihn einen müden Eindruck. Er hatte zu viele Baustellen. Viele Geräte mussten ersetzen werden und ein zweites MR-Gerät sollte kommen. Dies schon seit Jahren. Einmal mehr hatte die Direktion einen Bericht verlangt, der den Nutzen aufzeigen sollte von so einem Gerät. Hassan hatte eine kurze Frist gesetzt bekommen. Er hatte sich innert Tagen in die verschiedenen administrativen Hürden einarbeiten müssen, bevor er hatte recherchieren können.

Der besondere Strahlentod: In den letzten zwei Jahrzehnten hat die Strahlenbelastung der Bevölkerung aufgrund der Röntgendiagnostik, insbesondere aufgrund der computertomografischen Untersuchungen stark zugenommen. Man schätzt, dass mittlerweile zwei Prozent aller Krebsarten von medizinischer Strahlung ausgelöst werden. Davon ist ein gewisser Prozentsatz tödlich.

Xavier hatte dies schon unter seiner alten Chefin durchexerziert. Er hatte tagelang an einem Bericht gearbeitet, aber die lokale medizinische Gesellschaft hatte die Anschaffung eines zweites MRI für das Krankenhaus verweigert. Anschliessend hatte die Direktion einen Rekurs eingelegt. Das Verfahren hatte anderthalb Jahre gedauert und hatte dann immerhin diese Hürde genommen. Vorher war der Krieg jahrelang nur zwischen der Radiologie und der Direktion geführt worden. Die neuen Direktoren mussten jedes Mal wieder vom Nutzen überzeugt werden, was aber dann doch jeweils geschehen war. Diese Berichte hatten im Grunde genommen nur neu datiert werden müssen, die Fakten waren klar:

Hassan sagte zu Xavier: «Man vergleicht jetzt Magnetresonanzgeräte mit Pilzen».

Xavier kannte den Witz schon: «Am besten geht man ausserhalb der Kantonsgrenzen Pilze suchen. Da spriessen sie bestens. Rund um unseren

Kanton scheint der Waldboden feucht und fruchtbar zu sein. Man kann ganze Körbe aus allen vier Himmelsrichtungen mitbringen. Ein sehr einträgliches Geschäft.»

Xavier redete nicht weiter. Hassan wusste sicher auch mehr. Xavier wusste zumindest so viel, dass einige Personen in der medizinischen Gesellschaft das MRI blockiert hatten, da sie Aktien besassen in Gesellschaften, die privat im Umkreis von zwanzig Kilometern MRIs betrieben.

Hassan und Xavier wussten beide voneinander nicht, wie viel der andere wusste. Aber sie waren sich im Klaren, dass ein neuer Projektbericht mindestens ein Wochenende Arbeit bedeutete.

«Pilze bilden kreisförmige Myzelien-Geflechte, sogenannte Hexenkreise. Die Frage ist, ob man sich gut mit der Hexe versteht oder ob man nicht lieber ausserhalb arbeitet.»

Xavier schaute Hassan an und überlegte: Hatte Hassan ein Angebot von einer Praxis?

Aber all das reichte nicht, um so müde auszusehen. Da musste mehr sein. Ruth Amberg hatte Hassan wahrscheinlich irgendwie unter Druck gesetzt ... oder umgekehrt?

Hassan sagte schliesslich: «Ich werde das so nicht mehr lange machen können.»

«Was?»

«Mit den Löhnen.»

«Hm.»

«Wir treffen uns nächsten Mittwoch mit allen Kaderärzten und sehen weiter.»

Hassans Telefon klingelte: «Ja?»

Eine Weile herrschte Stille.

«Was? Nicht möglich.»

Xavier sah Hassan an, der kreideweiss geworden war.

«Ja, ich komme.»

Hassan lehnte sich an die Wand und sagte zu Xavier gewandt: «Die Huguenin-Morel ist tot.»

Er versuchte tief durchzuatmen. Vor ihm stand sein Chef, auf dessen Stirn sich Schweissperlen bildeten. Xavier musste sich setzen, sonst würde er umkippen. Er zog Hassan in einen Untersuchungsraum und sie setzten sich beide auf den Röntgentisch. Dieser war zum Glück relativ tief unten.

«Die Direktionssekretärin hat sie tot auf ihrem Bürostuhl gefunden, als sie heute zur Arbeit kam.»

«Sitzend?»

«Anscheinend. Ich soll mir das ansehen.»

«Das ist was für die Polizei und einen Gerichtsmediziner.»

«Ich habe gesagt, dass ich komme.»

«Ich komme mit.»

«Danke.»

Die Schäden nach einer hochdosierten Ganzkörperbestrahlung sind verheerend: Bestrahlte Ratten sterben, auch wenn man ihnen zur Unterstützung eine Antibiotikaprophylaxe gibt. Innert kürzester Zeit sterben alle Ratten an Leber-, Nieren- und Darmschäden.

Xavier fragte sich, als sie die Treppe runterstiegen, warum Hassan angerufen worden war. Offensichtlich war er der Erste, der überhaupt vom Tod der Verwaltungsratspräsidentin erfahren hatte. Dass er informiert wurde und so schnell, wunderte Xavier massiv. Unten in der Eingangshalle hielt er Hassan am Arm und sagte:

«Wieso hat sie dich angerufen?»

Hassan blieb stehen und schaute Xavier in die Augen: «Ich weiss es nicht, aber ich war gestern bei ihr und habe mich mit ihr über unsere Löhne unterhalten.»

Xavier genügte diese Antwort nicht. Auch er schaute Hassan ins Gesicht. Auf seiner weissen Haut trat sein Schmetterlingsexanthem stark hervor: «Ja schon, aber warum haben sie gerade dich informiert? Sicher haben viele andere Leute gestern mit ihr gesprochen.»

«Ich weiss es wirklich nicht. Meinst du, wir sollten da gar nicht hingehen?»

«Hat die Anruferin gesagt, ob die Polizei unterwegs ist?»

«Nein.»

«Dann, ruf sie zurück und frag das!»

Hassan hatte sich mittlerweile Richtung Kiosk bewegt und sein Telefon in der Hand. Er rief die Direktionssekretärin an. Xavier schaute in Richtung Haupteingang und sah, wie zwei uniformierte Polizisten hereinkamen. Er machte Hassan darauf aufmerksam.

«Sie antwortet nicht. Lass uns kurz vorbeigehen. Das ist besser, als alles aus zweiter Hand zu erfahren.»

Hassan und Xavier nahmen nicht den Lift, sondern gingen langsam die Treppe hoch. Beide hatten keine Lust, eine Leiche zu sehen. Sie kamen gleichzeitig mit den Polizisten an. Nadine Huguenin-Morel sass angekleidet auf dem Stuhl vor ihrem Schreibtisch, hing aber etwas schräg. Ihr Kopf hing vornüber und etwas tropfte vom Stuhl aus ihren Kleidern auf den Boden. Allen vieren wurde übel. Xavier und Hassan hatten noch nicht viele Tote in ihrem Leben gesehen. Die Polizisten offensichtlich auch nicht. Der ältere von beiden forderte alle auf, den Raum zu verlassen. Dann sperrte er das Zimmer mit einem rot-weissen Band ab und liess sich von der Sekretärin den Schlüssel geben. Das Büro wurde abgeschlossen.

«Hatten Sie noch Kontakt mit Frau Huguenin?», fragte der ältere der uniformierten Polizisten die beiden verdatterten Radiologen.

Hassan hatte sich trotz allem wieder gefasst. Unter seinem Arztkittel sah man seinen kleinen Bauchansatz. Er trug ein Poloshirt und die Hosen eines Anzugs. Er stand auf gleicher Höhe wie die Büste eines ehemaligen Spitaldirektors und konnte antworten:

«Ja, ich habe gestern noch mit ihr gesprochen.»

Xavier hingegen hatte sich noch nicht wieder gefangen. Ihm war übel und er sah sich nach einer Toilette um. Am Ende des Flurs fand er eine und spritzte sich kaltes Wasser ins Gesicht. Die Tropfen perlten an seinem Bart ab. Er trank auch einen Schluck und setzte sich einen Moment hin: Jemand hatte versucht, ihn umzubringen; jetzt hatte wahrscheinlich die gleiche Person die Huguenin umgebracht. Xavier brauchte fast zehn Minuten, bis er wieder bei Kräften war und sich zu den anderen begeben konnte.

Die Polizisten unterhielten sich mittlerweile angeregt mit der Direktionssekretärin und Hassan. Xavier konnte mit dieser Schnepfe nicht viel anfangen. Sie kam sich immer wahnsinnig wichtig vor. Natürlich anerkannte er ihre Fähigkeiten, aber er konnte sie irgendwie nicht leiden. Er vermutete auch, dass sie immer wieder Informationen an die Presse weitergab. Die Zeitungsartikel erschienen doch mit einer gewissen Regelmässigkeit nach den Chefarztsitzungen. Xavier erfuhr jeweils über drei Kanäle vom Inhalt dieser Sitzungen: Er besprach mit dem Pneumologen ein CT und nebenbei bekam er das gesagt, was diesen aufregte. Zweitens kam Hassan mit einigen Punkten zu ihm, weil er Hilfe brauchte, und schliesslich las Xavier den Express, das hiesige Lokalblatt.

Jetzt wandte sich einer der Polizisten ihm zu: «Herr Berthier, können Sie uns etwas sagen, was wichtig wäre in Bezug auf den Tod von Nadine Huguenin-Morel?»

«Ja, könnte ich, aber ich würde das sehr gerne unten in der Eingangshalle bei einem Kaffee tun.»

Xavier hoffte, so zumindest die Sekretärin abschütteln zu können. Endlich kam ihm auch wieder ihr Name in den Sinn: Veronique Delachaux.

Tatsächlich konnten sie ohne Delachaux runtergehen. Die Dame blieb leicht verdutzt vor dem abgesperrten Büro zurück. Hassan verabschiedete sich mit ein paar entschuldigenden Worten von der Sekretärin und wandte sich dem Treppenhaus zu. Am Kiosk bestellten Hassan und die beiden Polizisten drei Kaffee zum Mitnehmen und setzten sich einen Tisch. Der Kaffeebereich war leer. Sie konnten ungestört reden. Ein Blick auf den Eingangsbereich zeigte Xavier, dass die Polizisten begriffen hatten, dass es um Mord ging. Das Team der Spurensicherung und ein Amtsarzt trafen ein. Die beiden Polizisten machten ihnen ein Zeichen, dass sie sofort kommen würden.

Xavier räusperte sich und sagte dann: «Gestern hat jemand versucht, mich zu vergiften.»

«Wie?»

Xavier erzählte von dem Behälter, der seiner Nase nach MEOPA enthalten hatte. Er konnte zwar noch ein paar Details liefern, aber er hatte vergessen, bei der Rezeption vorbeizugehen und zu fragen, wer vor ihm die Schlüssel zu dem Firmenwagen des Spitals gehabt hatte.

«Können Sie sich bereithalten und das nochmals auf dem Polizeiposten erzählen?»

«Selbstverständlich.»

Sie tauschten die Telefonnummern aus und verabschiedeten sich. Xavier blickte hoch zu der Fensterreihe und sah weiterhin die Delachaux dort stehen. Neben der Büste war reger Betrieb. Doch schon nach wenigen Sekunden kam das ganze Team der Spurensicherung zurück und wandte sich an die beiden Polizisten.

Xavier kratzte sich an seinem Bart und fand das alles äusserst unangenehm. Er nahm sich vor zu kündigen. Woran stirbt man im Sitzen, sodass eine Flüssigkeit aus einem herausläuft?

Xavier kehrte in den ersten Stock zurück, durchquerte den Flur und verlangsamte seinen Schritt vor der sich selbst öffnenden Tür. Er ging an der Rezeption vorbei und wollte in seine Arbeit eintauchen. Er wollte den Anblick der toten Verwaltungsratspräsidentin vergessen. Er loggte sich in das Computersystem ein, öffnete ein paar Bilder und nahm das Mikrofon in die linke Hand. Mit der rechten Hand führte er die Maus und ordnete die Bilder anders. Er suchte mechanisch nach den Vorbildern und rasselte den Namen und die Anmeldung runter. Dann hielt er inne, denn er sah nicht die beiden Thorax-Bilder vor sich, sondern den Stuhl, auf dem die Tote gesessen hatte. Xavier sah nur das vor sich. Sein Schädel brummte und seine Ohren schienen mit Watte verstopft zu sein. Unter dem Stuhl hatte etwas geklebt: ein dunkles Metallkistchen.

Xavier schaute auf, es roch nach angebratenem Fleisch. Ihm wurde wieder übel. So stand er auf und stellte sich an das Fenster, das unmittelbar über der Spitalküche lag. Er sah runter auf die Rampe, die zur Notfallstation führte. Alles war ruhig. Gegenüber lief ein Generator, der eintönig brummte. Links rumorte es in der Küche des Behindertenheimes. Um die Ecke waren die Laderampen der Spitalküche. Kurz vor Mittag war dort Hochbetrieb. Weiter vorne stand neben den Sauerstoffreservetanks der Firmenwagen, sein Unglückswagen, mit dem ihn irgendjemand gern in den Tod bugsiert hätte. Er stand aber da, vor dem offenen Fenster des Rapportraumes, und atmete tief durch. Der Bratenduft mischte sich mit frischer Luft. Seine Übelkeit liess nach. Er machte das Fenster zu und setzte sich wieder hinter seine Konsole. Es war schon fast Mittag und er hatte noch keinen einzigen Befund diktiert. Er beschloss, ausnahmsweise das Spital für die Mittagspause zu verlassen, denn er würde eh keinen Bissen herunterkriegen. Er wollte sich auch nicht den Blicken seiner Kollegen aussetzen, schon gar nicht im Lärm der Kantine. Er streifte den Mantel ab und legte ihn über seinen Bürostuhl. Er griff nach seiner Banane, seiner Gürteltasche, und verliess die Abteilung schnellen Schrittes, wohlweislich im Parallelgang, nicht an der Rezeption vorbei. Er behielt sein Telefon angeschaltet in der Hosentasche.

Hassan Jourdani, Chefarzt der radiologischen Abteilung, war ebenfalls hochgradig verwirrt in seine Abteilung zurückgekommen. Er war zutiefst verunsichert. Er nahm sein privates Telefon und rief seine Frau an. Hassan war mit einer sehr intelligenten Frau verheiratet. Sie konnte Situationen innert kurzer Zeit erfassen und sprach ihm in schwierigen Zeiten Mut zu mit konkreten Vorschlägen. Sie war studierte Agraringenieurin, konnte aber hier in der Schweiz als verschleierte Muslimin nicht arbeiten. Sie sprach kein Französisch, ausserdem waren da ihre beiden Kinder.

Sie nahm sofort ab und hörte sich die Geschichte an. Hassan schilderte alles. Dann blieb es still in der Leitung. Er hörte, wie sie ein- und ausatmete. Nach einer Weile kam ein Laut an sein Ohr:

«Hm.»

Hassan antwortete: «Verrückt. Und das in der Schweiz.»

«In der Türkei erschiesst man Politiker.»

«Oder politisch anders Denkende.»

«Dachte Frau Huguenin anders?»

«Ja.»

Aus dem Telefonhörer kam prompt die Frage seiner Frau: «Inwiefern?»

«Ich weiss es nicht, aber sie war sehr integer», meinte Hassan nach langem Überlegen.

«Und das reicht, um sich solche Feinde zu verschaffen?»

«Was hat sie in der Nacht auf diesem Stuhl gemacht?», fragte Hassan mehr sich selbst.

«Das fragst du mich? Ich habe diese Frau nie gesehen. Wen hatte sie zum Feind? Oder anders gefragt, wen störte es, dass sie ehrlich war?»

«Zu wem sie ehrlich war? Vielleicht als einzige hier in diesem Laden zu sich selbst.»

Hassan legte seine Beine auf den Korpus und rollte etwas weg von seinem Schreibtisch. Er liess sich die letzten Sitzungen mit Nadine Huguenin-Morel durch den Kopf gehen. Sie hatte eigentlich immer entspannt gewirkt, bis auf – ja, bis auf die beiden Male, als Francesco Devillo, der Chefarzt der Medizin, und Hervé Grossen, ein Chefarzt der Chirurgie, dabei gewesen waren.

«Hassan, hast du auch Feinde?»

«Nein, aber Xavier wurde fast umgebracht.»

«Was! Und das erzählst du mir erst jetzt.»

Es war eine ganze Weile still in der Leitung. Hassan wusste nicht, was in so einer Situation zu tun war.

Seine Frau räusperte sich und befahl ihm: «Komm nach Hause! Ich denke nicht, dass es sinnvoll ist, am Telefon weiterzureden.»

Hassan zog seinen Kittel aus, liess sein Telefon auf dem Schreibtisch seiner Sekretärin liegen und ging in den zweiten Stock. Er stieg in sein Auto und fuhr nach Hause.

Xavier hatte mittlerweile das Stadtzentrum erreicht und sollte eigentlich umkehren. Er wusste, dass sein heutiges Arbeitspensum liegen bleiben würde.

Er würde morgen oder übermorgen zwei Stunden früher kommen und aufholen. Er überquerte die Strasse und wandte sich dem grossen Platz über dem Hafen zu. Noch in Gedanken verloren ging er über den Platz auf La Frite Vagabonde zu. Er bestellte sich eine Cola und eine Portion Pommes frites. Immer wieder klingelte sein Spitalhandy. Er nahm pflichtbewusst ab und konnte die Fragen beantworten, ohne persönlich zu erscheinen. Ein Techniker verdiente ein Kompliment und konnte einen ambulanten Patienten auch ohne ihn gehen lassen. Die Erfahrenen waren ihm für sein Vertrauen dankbar. Beide wussten, dass die Frakturen auch von erfahrenen Technikern gesehen wurden. Die Anmeldung wurde vertröstet und durfte ihm die Nummern aufschreiben, wo er zurückrufen musste. Ansonsten waren da immer noch ein paar Assistenzärzte, die normalerweise null Verantwortung hatten. Sie wurden verhätschelt nach Strich und Faden. Jetzt könnten sie ja auch mal etwas helfen. Doch bisher hatte er nicht auf sie zurückgreifen müssen. Er setzte sich auf eine der Bänke unter den Zierkirschbäumen und ass seine Pommes frites.

Er wurde aber immer noch nicht das Bild los von der auf dem Stuhl sitzenden, tropfenden Huguenin. Säure konnte so stark sein, dass sie ein Menscheninneres innert Stunden auflöste. Hätte sie Säure getrunken, dann wäre sie aber nicht so friedlich auf dem Stuhl gesessen. Versehentlich trank man maximal einen Schluck Säure, dann kam es zu Verätzungen der Speiseröhre. Forcieren konnte man das Trinken beziehungsweise Schlucken von Säure nicht in dem Mass, dass jemand daran starb oder zu tropfen anfing. Man hätte vielleicht jemanden zuerst vergiften können und anschliessend mit Säure füllen können, um den eigentlichen Tötungsakt zu verschleiern. Aber das schien Xavier unwahrscheinlich, denn dann hätte man sie ja nicht so sitzen gelassen. Dies war geschehen, um etwas zu demonstrieren, nämlich ihre Präsenz. Nadine Huguenin war eine höchst intelligente Frau gewesen und sie hatte, soweit Xavier das beurteilen konnte, einen starken Willen gehabt, gewisse Ideen durchzusetzen. Ideen, die Xavier grösstenteils unbekannt waren. Er wusste nur von einer konkreten Idee, die er durch und durch seriös und irgendwie edel empfunden hatte. Sie hatte eine Plafonierung der Löhne der Chirurgen und Gynäkologen durchsetzen wollen.

Xavier hatte sich gedankenverloren erhoben, seinen Pommes-frites-Karton in den Müll geworfen, seine Cola getrunken und war auf dem Rückweg. Er war insgesamt keine halbe Stunde weg gewesen. Er sollte sich jetzt wirklich ans

Diktieren seines Kolloquiums machen. Er ging zurück, nahm die Rampe über die Notfallstation und setzte sich wieder an seine Konsole. Er loggte sich ein und nahm das Diktafon in seine linke Hand.

Kurz darauf kam der interventionelle Radiologe zu ihm und setzte sich schweisstriefend auf den drehbaren Hocker, der neben ihm stand. Er schien eben erst den Bleischurz ausgezogen zu haben und meinte: «Scheisse.»

Xavier zog seine linke Augenbraue hoch und warf einen Blick auf seinen Kollegen. Normalerweise war dies ein ruhiger, höflicher und sehr kompetenter Arzt. Er hatte sich spezialisiert auf hochkomplexe interventionelle radiologische Eingriffe. Er dilatierte periphere Gefässe und embolisierte Lebermetastasen.

«Was ist?»

«Dissektion.»

Xavier wusste, dass er alles erzählen würde. Er musste nur warten. Der andere hatte eine schwierige Intervention hinter sich. Offensichtlich war es zu einer Komplikation gekommen. Xavier war der Einzige, der überhaupt begriff, welche Risiken sein Kollege eingegangen war.

Die tödliche innere Blutung: Eine Dissektion ist definiert durch das Aufbrechen der inneren Wandschichten, worauf Blut in die Wand einströmt. Entweder kommt es zu einem zweilumigen Fluss oder das Blut gerinnt innerhalb der Wand und engt so das Gefäss ein. Der Blutstrom nimmt so fatalerweise ab.

Xavier hatte immer noch sein Mikrofon in der linken Hand und hielt diese in der Nähe seiner Mundpartie. Seine rechte Hand klickte jedoch mit der Maus auf dem Bildschirm herum, bis er die Angiografie-Bilder von seinem Kollegen gefunden und aufgeschlagen hatte. Er sah sich die Untersuchung an. Sein Kollege war mittlerweile auf der Toilette gewesen und hatte Wasser getrunken. Er sass in einem völlig verschwitzen T-Shirt da. Xavier wusste aus eigener Erfahrung, dass die Dissektion bei einer Gefässdarstellung nicht wirklich durch Verschulden des Untersuchers zustande kam, sondern dass es sich dabei um eine Komplikation handelte, die auch bei noch so vorsichtigem und sorgfältigem Vorgehen geschehen konnte, also unvermeidbar war. Er sah auf den langen schwarzen Strich, der sich durch die gesamte Aortenwand zog. Das war Kontrastmittel, das in einem falschen beziehungsweise zweiten Lumen zusammen mit Blut geronnen stehen geblieben war.

Der Kollege schwieg noch immer und starrte auf die Bilder.

«Da.»

«Ja.»

«Wieso?»

Xavier schüttelte verständnisvoll den Kopf und versuchte, ihm mit dem Ansehen der Bilder seine Last abzunehmen. Natürlich konnte er das nicht.

Plötzlich fragte sich Xavier, ob er ihm vom Tod der Nadine Huguenin erzählen sollte. Es würde vielleicht sein Leid relativieren. Die Dissektion zog sich bis in den Aortenbogen hoch. Die Halsgefässe und auch die Herzkranzgefässe schienen frei. Xavier schwieg und verwarf die Idee, den Kollegen mit der Geschichte zu belasten. Dieser hatte mittlerweile die Maus ergriffen und klickte die verschiedenen Serien an. An seiner linken Hand war ein blaues dickes Ringdosimeter. Xavier schaute auf das kleine Zählgerät, das nur die interventionell tätigen Radiologen trugen. Er selbst hatte lediglich ein kleines Kassettendosimeter zu tragen, jeweils unter dem Bleischurz.

«Ich weiss nicht. Kann jedem passieren.»

Langsam erhob sich sein Kollege und ging in seinen Untersuchungsraum zurück. Xavier rief nochmals die ersten Bilder auf, die er hätte diktieren sollen.

Jürgen Möller kam in den Saal. Er hatte beim Vorbeigehen leicht an die Tür geklopft. Jürgen blieb circa drei Meter vor Xavier stehen und fragte:

«Darf ich?»

«Ja, sicher, immer.» Xavier kam diese Ablenkung gerade richtig. Heute würde er keinen Befund zustande bringen.

Jürgen schaute die Patientennummer auf einem Papierausdruck nach: «3425643»

Xavier rief die Untersuchung auf: «Ein CT von gestern?»

«Ja, ich sollte den Austrittsbericht heute fertigbekommen, der Patient sollte verlegt werden.»

«Der Bericht liegt schon fertig getippt vor, müsste noch visiert werden.»

«Kann ich ihn mir im Sekretariat holen?»

«Als provisorischen Befund, ja.»

Jürgen Möller war nicht wirklich motiviert, den Bericht zu holen. Aber er mochte diesen Radiologen sehr. Er setzte eine interessierte Miene auf, und fragte:

«Was hat der Patient? Eingewiesen wurde er wegen eines Juckreizes beziehungsweise einer gelbgefärbten Haut.»

Jürgen wusste natürlich, dass dies normalerweise fatal war und die meisten Patienten innert Wochen an einem Pankreaskopfkarzinom verstarben.

Xavier scrollte in der Untersuchung rum. Er war immer noch motivierter, ein CT von gestern anzusehen als die konventionellen Bilder auf seiner Liste zu diktieren.

«Er hat einen, nein zwei Steine im Gallengang. Ausnahmsweise keinen Tumor. Die müssen aber dort schon eine Weile liegen und stauen.»

«Ja, das haben wir heute Morgen im Kolloquium auch diskutiert.»

«Ab zum Universitätsspital und zur Steinentfernung.»

Jürgen brauchte genau darum den Bericht; das würde ihm das Schreiben des Austrittsberichtes erleichtern.

«Geh an die Rezeption, ich drucke ihn dir aus.»

Xavier hatte im Gegensatz zu den meisten anderen Radiologen den Drucker konfiguriert.

«Er wird dort rauskommen.»

Jürgen Möller bedankte sich und verschwand in Richtung Rezeption.

Dort angekommen, sagte er:

«Hallo. Xavier hat mir einen Bericht ausgedruckt. Dürfte ich den hier abholen?»

Direkt vor ihm war der Stuhl der Anmeldung leer. Am zweiten Pult sass auch niemand. Lediglich hinten am Fenster zur Eingangshalle telefonierte eine junge, bildhübsche Sekretärin. Jürgens Bitte war ungehört geblieben. Er lehnte sich etwas an die Theke und wartete.

Die Sekretärin trug einen feinen Kopfhörer, der ihre langen schwarzen Haare nach hinten fallen liess. Sie war gut geschminkt und redete freundlich in ihr Headset. Ihre langen Beine waren übereinandergeschlagen und schauten unter dem kurzen Kittel hervor. Sie verdrehte einmal die Augen und wartete, bis ihr Gesprächspartner offensichtlich begriffen hatte, was sie ihm erklärt hatte.

«Nein, ich kann Ihnen keinen Termin heute Nachmittag geben, aber wenn Sie wünschen, verbinde ich Sie mit dem diensthabenden Radiologen. Nein, dann nicht.«

Sie legte den Kopfhörer beiseite, entflechtete ihre Beine und begab sich zur Rezeption, an der immer noch Jürgen Möller lehnte.

«Könnten Sie mal schauen, ob der Bericht von eh … einem CT von gestern im Drucker für mich liegt? Xavier hat ihn soeben für mich ausgedruckt.»

«Sie sind?»

«Jürgen Möller von der Notaufnahme.»

Er hatte die Sekretärin auch schon mal gesehen, konnte sie aber nicht einordnen. Nun, wahrscheinlich hier an der Anmeldung.

Sie drehte sich nach rechts und bewegte sich anmutig zum Drucker, in dem tatsächlich der Bericht steckte. Sie reichte ihm die Papiere mit einem sanften Lächeln und sagte: «Bitte».

«Vielen Dank!»

Jürgen wusste nichts zu sagen, aber er hätte das Gespräch gerne in die Länge gezogen. Sicher würden die anderen beiden bald zurück sein und so eine ruhige

Gelegenheit, mit dieser Schönheit zu reden, bot sich selten. Er nahm allen Mut zusammen und fragte:

«Wann bist du fertig?»

«Was?»

«Mit dem Arbeiten.»

«Um vier, wieso? Brauchst du noch einen Bericht?»

«Nein, nur so.»

Er selber würde nie vor acht Uhr hier rauskommen. Diese Sekretärinnen hatten einfach gute Arbeitszeiten. Naja, sie verdienten auch nicht viel, aber trotzdem, um vier Uhr hier rauszukommen, war ein Traum.

«Also denn, noch einen schönen Tag.» Damit verabschiedete sich Jürgen und stapfte rüber zu seiner Notaufnahme.

Kapitel 6

Jean-Luc Quendlin sass in der Hauptstadt. Ihm drohte wieder einmal ein Einsatz im Strassenverkehrsdienst. Er war Polizist mit Leib und Seele, und zwar Kriminalbeamter. Nur gab es in seiner Stadt kaum Kriminalverbrechen. Da und dort wurde eingebrochen, aber er war bei der Mordkommission und Morde gab es nicht viele. Deswegen hatte er des Öfteren das Vergnügen, die Verkehrslage auf den Autobahnen zu regeln. Am Gotthard war Stau, es war Beginn der grossen Sommerferien. Innigst hoffte er, dass er nicht dorthin beordert wurde. Er hatte heute Morgen schon mit seinem Tessiner Kollegen die Lage per Telefonkonferenz besprechen müssen. Die Verständigung war grauenhaft gewesen. Nachdem sie sich weder auf Deutsch noch auf Italienisch hatten unterhalten können, waren sie auf Englisch ausgewichen und da sie beide weder «Taktverkehr» noch «einspurig» im englischen Vokabular hatten, hatte Jean Luc ihnen einfach gesagt, dass sie das Teilstück der Strecke «like a

Kantonsstreet» behandeln sollten. Er wollte damit nur sagen, dass sie das selbst regeln sollten. Der Tessiner Kollege hatte mit einem breiten «okay» aufgelegt.

Jean-Lucs Freundin Geraldine war auf La Réunion. Er hatte schon dreimal auf Google Maps nachgeschaut, wo das war, aber er konnte es sich nicht merken. Gut, es war eine Insel, weit weg und ein französisches Departement. So viel hatte er sich merken können. Nachdem Geraldine ihren Job als Ärztin an den Nagel gehängt hatte wegen einer verworrenen Mobbinggeschichte, hatte sie eine Weile ein Bed and Breakfast geführt. Doch nach ein paar Monaten war es ihr zu langweilig geworden und sie hatte sich auf ein Inserat für eine Vertretung gemeldet. Nicht in der Schweiz, nicht im benachbarten Frankreich, sondern im Indischen Ozean. Jean-Luc hatte das total verwirrt. Zuerst hatte er geglaubt, dass er etwas falsch gemacht hatte, aber dann hatten ihn seine Freunde beruhigt. Dass er sich diese bildhübsche Ärztin geangelt habe, sei schon fast ein Ding der Unmöglichkeit gewesen. Er als kleiner Polizist aus dieser verschlafenen Kleinstadt. Er konnte nicht mal sagen, dass er wirklich ein Kriminalbeamter war, zumal er die Hälfte seines Dienstes im Verkehr absolvierte. Verkehrs-polizisten waren sehr unbeliebt in der Bevölkerung, da gab es eigentlich nur Hass und Angst vor Kontrollen und nix von Bewunderung. Er selbst hasste es auch, Strafzettel zu verteilen. Auf La Réunion gab es sicher hübschere Polizisten, ging ihm durch den Kopf. La Réunion lag neben Madagaskar und das Klima war sicher angenehm. Irgendwie hatte er sie dann doch verstanden, dass sie ein paar Wochen dorthin wollte.

Ein Kollege klopfte an die Tür und meinte, dass ein Polizist aus der welschen Schweiz ihn sprechen wolle.

«Ja, und? Dann stell durch.»

«Ich weiss nicht, wie man das sagt, und ich weiss auch nicht, wie man ein Telefongespräch weiterleitet. Ich glaube, das geht nicht mit meinem alten Telefon.»

Jean-Luc erhob sich und folgte dem Kollegen. Er hasste Fremdsprachen. Auf Französisch brachte er genauso wenig einen Satz zustande wie auf Italienisch. Naja, vielleicht doch etwas besser, zumindest hatte er acht Jahre Französisch in der Schule gehabt. Aber nach dem Gespräch heute Morgen war ihm gar nicht nach irgendeinem Nationalstrassenproblem. Sollte sein Chef möglichst bald aus den Ferien zurückkommen und solchen Kram selbst regeln! Das hatte er wirklich nicht verdient, wenn er ihn mal eine Woche vertreten musste. Sollten diese Welschen doch ihre Baustellen selbst signalisieren. Jawohl! Jean-Luc nahm sich, als er dem Kollegen durch den Korridor folgte, fest vor, auch die Waadtländer Autobahn «as a Kantonstreet» zu behandeln.

«Bonjour! Monsieur Jean-Luc?»

Jean-Luc versuchte es mit einem zaghaften «Ja».

«Mir aben da einen spezialen Fall, wo wir ire Ilfe nötig brauschen.»

Jean-Luc zauderte mit der Sprache und brachte ein «Yes» hervor.

Er hörte sich die Geschichte an. Eine Spitalverwaltungsratspräsidentin war im Nachbarkanton tot aufgefunden worden. Und sie wollten, dass er sich das anschaute. Es war also kein Verkehrsproblem. Das war sehr gut. Nur, sein Chef weilte in den Ferien und normalerweise erteilte er die Bewilligungen für extrakantonale Tätigkeiten. Jean-Luc konnte sich ja wohl kaum selber diese Bewilligung erteilen.

«Und die Formalitäten? Wer macht die?»

«Mir natürlisch.»

«Was erwarten Sie von mir? Ich kann sie auch nicht wieder lebendig machen.»

«Nein, aber die Spitallandschaft at ihr eigenes Klima. Von letztes Jahr, könnten Sie uns ein bisschen berichten von ihrem Fall, vielleicht gibt es Ähnlischkeiten.»

Jean-Luc fühlte sich geschmeichelt: «Ich werde fragen, ob ich kommen kann.»

«Mir warten üf Sie, Monsieur Jean-Luc.»

Jean-Luc hatte schon manchmal seine Mutter verflucht, dass sie ihm so einen welschen Namen hatte geben müssen. Ein «Lukas» oder «Hans» hätte es ja auch getan. Dazu noch diesen lächerlichen Doppelnamen; nur noch auf der anderen Seite des Röschtigrabens üblich.

Dietger Franke, Oberarzt in der Radiologie, fuhr seinen dunkelvioletten VW auf den Parkplatz, fand mit etwas Glück einen weissen und ging zum Krankenhaus. Es war kurz nach sieben Uhr in der Früh und er schaffte es gerade noch rechtzeitig zum Rapport. Hassan Jourdani, Chefarzt der Radiologie, sass schon dort. Er trug ein Poloshirt und eine Hose, die zu einem Anzug gehörte. Dietger hatte es sogar noch geschafft, sich umzuziehen. Joseph Bouzenar sass ebenfalls schon in der ersten Reihe, im Kittel über einem hellgrünen Hemd. Die Assistenten sassen in Reih und Glied in der zweiten Reihe. Xavier leitete den Rapport von vorne aus. Dietger liebte diese Konstellation. Xavier würde ihm nie etwas zuleide tun, Hassan und Joseph gockelten um die Wette, wobei Joseph meistens mehr Aufsehen erregte. So konnte Dietger selbst ungestört seinen Gedanken folgen. Hassan war heute ausgesprochen still. Er erinnerte sie an die Sitzung um halb eins, wobei er alle erwartete. Das sagte er sonst nicht so explizit.

Dietger war heute im Ultraschall eingeteilt. Es stand eine Leberbiopsie an. Diese fanden normalerweise erst um zehn statt, denn die Gerinnung musste überprüft werden.

Die fatale Probenentnahme: Innere Blutungen als Komplikationen von Leberbiopsien sind selten. Sie treten auf bei alkoholgeschädigten Lebern oder bei sehr beeinträchtigter Gerinnung. Meistens ist es die Kombination von zu tiefen Werten der Blutplättchen und vom Mangel an Gerinnungsfaktoren, die bekanntlich in der Leber hergestellt werden. Komplikationen ergeben sich auch durch die Einnahme von bestimmten Medikamenten, sogenannten Blutverdünnern. Eine Leberbiopsie ist dann kontra-indiziert. Bei in der Norm liegenden Werten bleibt die Mortalität bei einem Prozent.

Dietger ging heute Morgen eigentlich alles gut von der Hand. Die Biopsie hatte er an Xavier abgeben können. Dieser war aus unerklärlichen Gründen nicht in die Peripherie gefahren und war gerne eingesprungen. Dietger vertiefte sich in zwei Schilddrüsen und anschliessend war da noch eine ungeklärte Halsschwellung abzuklären. Joseph war erstaunlicherweise zu ihm gekommen und hatte ihm ein Felsenbein gezeigt. Der Morgen war gerettet. Die Mammografien hatte er ohne Zusatzschall abdiktiert.

Dietger erreichte relativ pünktlich die Kantine und holte sich ein warmes Menu; er hatte vor, das vor der Sitzung in Ruhe und alleine zu essen. Er setzte sich in die hinterste Ecke mit dem Gesicht zu Wand und wollte gerade den ersten Bissen in den Mund stecken, als ihn ein Kollege aus der Chirurgie fragte, ob er sich zu ihm setzen könne.

Gleichzeitig klingelte sein Telefon. Er entschloss, sich diesen ersten Bissen in den Mund zu stecken, und nickte dem Kollegen freundlich zu. Das Telefon klingelte weiter und Dietger kaute. Es war der CT-Techniker, er liess den Anruf unbeantwortet. Die Unterhaltung mit Hervé Grossen und Jürgen Möller, der sich mittlerweile auch zu ihnen gesetzt hatte, schien spannend zu werden.

Hervé Grossen warf eine angegraute Haarlocke nach hinten und goss allen Wasser ein: «Was passiert in der Radiologie? Wieder einmal ein Chefarztwechsel.»

Dietger Franke verschluckte sich. Würde das die grosse Neuigkeit sein, die Hassan heute in der Sitzung verkünden würde? Woher wussten das die Chirurgen wieder vor ihm? Nun, bis jetzt schien Hervé nur eine Vermutung zu haben, die er gerne von Dietger bestätigt hätte.

Dietger wusste nicht recht, was er antworten sollte.

«Hm», brachte er heraus und steckte schleunigst den nächsten Bissen in den Mund. Irgendwie stellte sich sofort eine Traurigkeit ein, obwohl er ja nicht mal wusste, ob es stimmte.

«Woher hast du diese Information?», warf er zwischen zwei Happen ein.

«Von Ruth Amberg».

«Wann?»

«Gestern Abend hat sie sich bei mir ihr Herz ausgeschüttet.»

«Wo?» Dietger interessierten die Informationswege und vor allem die Gründe, warum er sozusagen als Letzter davon erfuhr.

«Im DuPeyrou», was bekanntermassen das teuerste Restaurant in der Stadt war.

Hervé genoss seine Rolle sichtlich. Einerseits beeindruckte er Dietger mit seinem Wissen, andererseits schien auch Jürgen Möller interessiert zuzuhören. Jürgen Möller und Dietger Franke kannten sich, hatten sich aber generell nicht viel zu sagen. Jeder hatte seine eigenen Sorgen.

Hervé warf noch einmal seine graue Haartracht nach hinten und wollte erneut Dietger in ein Gespräch verwickeln. Doch Dietger legte sein Besteck zur Seite, wischte sich den Mund ab und lehnte sich in seinem Stuhl zurück. Irgendwie war ihm der Appetit vergangen. Es war doch einfach zum Kotzen, dass er auf dem Latrinenweg von der Kündigung seines Chefs erfuhr. Einen Moment sah er Jürgen an, der ihm jedoch auch nicht helfen konnte.

Jürgen räusperte sich und fragte: «Wie heisst eigentlich die Rezeptionistin mit den langen schwarzen Haaren?»

Dietger dachte an die Geschichte mit den verwechselten Namen von vor ein paar Tagen, die er immer noch nicht geregelt hatte. Er verdrehte die Augen und sagte: «Annabelle».

«Danke».

Dietger betrachtete seinen Kollegen zum ersten Mal aus einem ganz anderen Blickwinkel. Jürgen hatte deutlich mehr Schönheitsattribute als er selbst. Mit seiner Glatze und dem angegrauten Haarkranz konnte er da nicht viel entgegenhalten. Nun, Annabelle fiel für ihn in die Kategorie «Wespe», unverlässlich und schnippisch, wie Patrizia. Sollte sich Jürgen nur für sie interessieren. Er hatte da Besseres zu tun. Er erhob sich und wünschte ihnen einen schönen Nachmittag. Er hatte noch eine Minute, um sich einen Kaffee auf der Notfallstation zu holen, bevor die Sitzung losging.

****

Die Sitzung fand im Büro des Chefarztes der Radiologie, Hassan Jourdani, statt. Es war ein grosszügiges Eckbüro mit einem Zusatztisch, an dem man bequem fünf Stühle platzieren konnte. Hassan verkündete mit relativ gelassener Stimme, dass er gekündigt habe. Dietger, Joseph und Xavier schauten sich gegenseitig an. Dietger hatte das soeben vom Chirurg Hervé Grossen erfahren; den allergrössten Schock hatte er auf dem Weg zwischen Kantine und Radiologie versucht wegzustecken. In Joseph breitete sich eine Art Genugtuung aus, zumal er den letzten Chefwechsel von Ruth Amberg zu Hassan Jourdani nicht verdaut hatte. Die Falten in seinem Gesicht glätteten sich. Xavier blickte stur auf den Tisch vor sich und rätselte über die Gründe. Hassan war nicht der Typ, der kündigte, ohne eine neue Anstellung zu haben; das bedeutete, dass seine Kündigung nichts mit dem Tod von Nadine Huguenin-Morel, der Verwaltungsratspräsidentin zu tun hatte.

Die anderen Fachradiologen waren heute nicht anwesend. Sie würden morgen von der Kündigung erfahren oder über das Sitzungsprotokoll. Hassan sprach weiter, doch niemand hörte ihm zu. Alle Anwesenden waren in ihre Gedanken versunken. Sie mussten abwägen, was das für sie bedeutete: Stress, Bedrohung oder Chance. So hörten sie kaum hin, als ihnen Hassan seine Gründe vermittelte, nämlich dass er aus rein privaten Gründen kündige. Dietger überlegte kurz, was «rein private Gründe» konkret hiess. Er kam zu Schluss, dass Hassan wohl keine Dienste mehr machen wollte und sich deshalb abseilte. Hassan hatte sich immer schwer getan mit den Diensten. Joseph hatte vorgehabt, ebenfalls die Stelle zu wechseln. Jetzt musste er sich das nochmals überlegen. Er hatte sowieso noch keine Zusage von der privaten Institution.

Der Verwaltungsrat tagte notfallmässig. Wieder trafen sie sich im Biedermeiersaal des Verwaltungsgebäudes. Auch diesmal war Ruth Amberg nicht präsent. Nadine Huguenin-Morel war tot. Als Erstes ordnete ihr Stellvertreter eine Schweigeminute an. Anschliessend leitete der Nephrologe aus dem oberen Kantonsteil die Sitzung. Er war nun Vorsitzender des Gremiums, das als direktes Bindeglied zur Regierung fungierte. Er hatte eine schwierige Stellung. Er fand im Prinzip, dass im unteren Kantonsteil gute Medizin betrieben wurde. Dennoch hatte man ihn vertrieben von unten nach oben, er war gezwungen gewesen, aus dem privaten Nachbarkrankenhaus auszutreten und eine Praxis im oberen Kantonsteil zu eröffnen. Er versuchte, über diese Demütigung hinwegzukommen. Heute galt es, eine Strategie zu entwickeln, Nadine Huguenin-Morel zu ersetzen. Zudem hatte der Chefarzt der Radiologie gekündigt, auch ihn musste man ersetzen, aber das eilte nicht so sehr. Er sprach ein paar lobende Worte über seine Kollegin. Sie war aus Genf gekommen und hatte ihre Mission als Verwaltungsratspräsidentin versucht zu erfüllen. Sie hatte das besser hingekriegt als je ein Präsident zuvor. Sie beschlossen kurzerhand, der Sekretärin von Ruth Amberg den Auftrag zu erteilen, die Inserate rauszulassen. Niemand wollte sich wirklich darum kümmern. Alle hatten sehr lange Arbeitstage. Die Vorstellung, sich auch noch um hunderte von Bewerbungsmails zu kümmern, schien keinem verlockend. Ihnen war im Grunde genommen klar, dass diese Sekretärin somit Macht und Informationen bekam, die über das übliche Mass hinausgingen. Das Inserat für einen neuen Verwaltungsratspräsidenten war sowieso nur pro forma. Solche Mandate wurden unter der Hand über Beziehungen verteilt.

Das Inserat für den neuen Chefarzt in der Radiologie war im Grunde genommen ebenfalls eine Formsache. Sie hatten für morgen eine Sitzung einberufen mit Francesco Devillo, dem Chefarzt der Medizin, der schon vor ein paar Monaten gemeldet hatte, dass er eine Kandidatin habe, die er durchaus als Chefärztin der Radiologie sehe. Keiner hatte damals reagiert, zumal der Posten ja besetzt gewesen war, manche hatten sich sogar etwas vor den Spannungen gefürchtet, die Devillo auslösen konnte.

Devillo war berüchtigt, mit seinen Vorschlägen Spannungen auszulösen. Der medizinische Direktor sollte dann jeweils abwägen, was besser war. Aber Ruth Amberg konnte nicht alle Verwicklungen vorhersehen. Sie vertraute Devillo, mehr als sie Hassan Jourdani vertraute. Sie hatte schon längst vor seiner offiziellen Kündigung mit der Kandidatin gesprochen: eine junge Radiologin aus Genf, deren Ehemann schon als Orthopäde im Krankenhaus tätig war. Das war für sie die ideale Person. Mit solch einer Frau konnte sie machen, was sie wollte. Die musste spuren, sonst konnte sie die Schrauben gleich zweifach ansetzen.

Der Nephrologe aus dem oberen Kantonsteil war in Gedanken versunken gewesen und hatte gar nicht mehr auf die Kommentare der beiden Ökonomen gehört. Auch die sonstigen Kommentare waren an ihm vorbeigerauscht. Er wusste selbst, dass die Ersparnisse rund dreihunderttausend Franken betrugen für einen nicht besetzten Chefarztposten. Er versprach, sich mit der Polizei zu verständigen und dann diese Informationen dem Verwaltungsrat weiterzugeben. Er selbst wusste nicht recht, was er von Nadines Tod halten sollte. Ob es nun Mord oder ein normaler Tod war, liess sich für ihn nur schwer abschätzen, er hatte sie nicht gesehen. Er beendete die Sitzung und wünschte allen einen schönen Abend.

Auf der anderen Seite der Halle sass Annabelle, die Rezeptionistin der radiologischen Anmeldung, und schaute auf die Halle hinunter. Noch immer schimmerte das rot-weisse Absperrband durch die Fenster des Verwaltungsgebäudes. Neben ihr stand Xavier mit einer Anmeldung in der Hand. Es war eine handschriftliche Anmeldung für eine notfallmässige Ultraschalluntersuchung. Er versuchte, Annabelle dafür zu gewinnen, diese Untersuchung zu planen. Im Grunde genommen waren die Rezeptionistinnen nur dafür angestellt, liessen sich zuweilen aber trotzdem bitten. Xavier blieb also beharrlich neben ihr stehen. Nach einer Minute zog er sich einen Hocker heran und legte die Anmeldung Annabelle vor die Nase. Annabelle blickte weiterhin stur in die Eingangshalle. Xavier wandte seinen Blick auch dorthin. Der Chefarzt der Gynäkologie, Ludovic Debroise, und seine drei Adlaten gingen durch die Halle. Alle drei trugen ihre Arztkittel, die eifrig nach hinten flatterten. Ludovic mit seinem gepflegten Ziegenbärtchen überragte die anderen drei. Mit dabei war eine junge Ärztin, verheiratet mit einem hochkarätigen, zwanzig Jahre älteren Chirurgen. Die anderen beiden kannte Xavier nur vom Sehen. Er verfolgte die Szene noch, bis die drei im Treppenhaus verschwunden waren. Unten am Kiosk sassen drei Chirurgen und der Chefarzt der Anästhesie. Die Frau hatte ihrem Mann nur zugenickt und versucht, den schnellen Schritten von Ludovic zu folgen.

«Was kann ich für dich tun?», fragte Annabelle, die sich endlich von der Szene gelöst hatte.

Xavier versuchte, sich seinen Ärger nicht anmerken zu lassen: «Könntest du bitte diese Untersuchung in die Agenda aufnehmen?» Was sonst könnte man denn mit einer Anmeldung machen?

«Für heute?»

«Ja, für jetzt, notfallmässig.»

Annabelle schaute auf ihre Uhr: «Meine Pause fängt jetzt gleich an. Kannst du das nicht mit der Röntgenassistentin direkt regeln?»

Xavier atmete tief durch. Er kam schon vom Ultraschall und hatte vorher versucht, die Technikerin zu motivieren, den Namen in die Maschine einzugeben. Diese hatte aber gerade eine Punktion vorzubereiten und hatte ihn gebeten, an die Anmeldung zu gehen.

Was hatte Ludovic Debroise mit seinen drei Kaderärzten bei der Direktion zu suchen? Dass Francesco Devillo versuchen würde, eine manipulierbare Person in die Position von Hassan zu hieven, war klar, aber was die vier da wollten? Gestern hatte es ein Gespräch zwischen Ludovic und Hassan gegeben, soviel hatte Xavier gesehen. Auch das war sehr ungewöhnlich; die Chefärzte der Gynäkologie und die Chefärzte der Radiologie hatten wenig zu diskutieren.

Xavier sass weiterhin auf seinem Hocker an der Anmeldung. Annabelle hatte mittlerweile ihren Kittel an den Haken gehängt und sich ihre Handtasche aus dem Schrank geholt.

«Tscho», und weg war sie.

Xavier blickte sich um. Da war noch die zweite Rezeptionistin. Diese war allerdings nicht fähig, Patienten ins System einzugeben. Sie war lediglich geschult, Patienten zu empfangen und diese famosen Smileys auf die Linie zu setzten und danach die Leute ins Wartezimmer zu bringen.

Jeder Röntgentechniker konnte eine Anmeldung eingeben, da sie das in den Nachdiensten selbst machten. Xavier überlegte kurz, ob er das nicht auch selbst machen sollte, aber es war ja nun wirklich nicht sein Job als Arzt, die Patienten ins System einzugeben. Also schlenderte er ins CT. Dort war niemand am Tisch. Zwei der drei Techniker waren schon beim Essen. Er näherte sich der Konsole, immer noch mit seiner Ultraschallanmeldung in der Hand. Er begrüsste den jungen Franzosen und versuchte sein Glück: «Wäre es möglich, diese Untersuchung zu planen?»

«Selbstverständlich.» Der Techniker nahm sie und verschwand in Richtung Scanner der Rezeption. Kam umgehend wieder zurück und setzte sich wieder hin. Xavier bedankte sich und verliess den Raum.

CT, MRI, und Ultrasound müssen bei Patienten mit verschiedener Komplexität durchgeführt werden; die Wartezeit für solche radiologischen Untersuchungen kann die Krankenhausaufenthaltsdauer verlängern. Acht Prozent der Patienten sterben beim Warten.

Kapitel 7

Das Offenhalten von Gefässen geschieht in der Medizin mit Stents, auch Endoprothesen genannt. Dies sind kleine Röhrchen, die von innen an die Gefässwand gedrückt werden. Einige Studien sehen vor, dass Stents sogar in Herzkranzgefässen mit kleinem Durchmesser eingesetzt werden. Dies könnte ein Grund für die hohe Komplikationsrate sein. Mit Stents verdienen Spitäler mittlerweile Millionen von Franken pro Jahr. Bei einigen Patienten ist nicht klar, ob ein Stent ihnen eine bessere Lebenserwartung bringt. Der Arzt muss ohne feste Kriterien entscheiden, ob sein Patient so eine Prothese braucht. Hier besteht das Risiko einer Mengenausweitung.

Jean-Luc sass in seinem Büro in der Hauptstadt, ungefähr eine halbe Stunde entfernt von der Kleinstadt, in der sich der Mord an der Verwaltungsratspräsidentin abgespielt hatte. Sein Chef war in den Ferien. Normalerweise schickte er seine Mitarbeiter in Nachbarkantone, falls dies wirklich nötig war. Oftmals erledigte er jedoch diese Arbeiten selbst. Jean-Luc wusste nicht, was er tun sollte. Er hatte viel Respekt vor seinem Chef, er konnte ihn nicht in seinen Ferien anrufen. Dann gab es da noch den Oberkommandanten in seiner Zentrale. Sollte er diesen anrufen? Vielleicht würde der das lieber selbst erledigen. Jean-Luc wollte sich diesen Mord einerseits nicht entgehen lassen, andererseits wollte er nicht seine Kompetenzen überschreiten. Auch kamen ihm Zweifel, ob er überhaupt etwas dazu beitragen könne, den Mord aufzuklären. Schlussendlich entschloss er sich, gegen Ende des Nachmittags dorthin zu fahren. Das erste Stück war Autobahn, anschliessend führte der Weg in einem grossen Bogen durch das Seeland auf einer Kantonsstrasse Richtung Westen. Man liess die schönen Gemüsefelder hinter sich und konnte wieder ein Stück Autobahn fahren. Diese führte unter der Stadt durch. Es gab eine eigene Ausfahrt für die Polizei. Jean-Luc bremste ab, verliess die Autobahn. Nach zwei etwas verwirrenden Kreiseln befand er sich vor dem grauen, ovalen Gebäude. Die Einheimischen nannten es liebevoll «le Moelleux», ein Weichkäse in ovaler Form. Die orangen Fensterläden passten überhaupt nicht in das Bild eines Camemberts, aber Jean-Luc hatte sowieso Mühe mit diesen hinkenden Vergleichen. Er hatte seine Uniform an und begab sich die paar Treppen hoch zum Eingang. Er meldete sich am Empfang.

Unmittelbar danach öffnete sich eine Seitentür und ein Hüne von Mensch nickte ihm freundlich zu. «Bonjour Monsieur Quendlin. Vous avez fait bon voyage?»

Soweit war er ja nicht gereist. Jean-Luc nickte und meinte: «Das Formular?»

Der Hüne antwortete, seine Sekretärin werde das an Jean-Lucs Chef schicken.

Sie würden jetzt einen Doktor Xavier Berthier befragen und dann würden sie zurück an den Tatort fahren.

Xavier sass müde vor den beiden Polizisten: «Ich kann Ihnen nicht viel sagen zu dem, was mit Frau Huguenin passiert ist, aber ich wurde kürzlich mit MEOPA vergiftet.»

Xavier erzählte von der Fahrt in die Peripherie und dass ihm übel geworden war und dass er den Tank mit Lachgas entdeckt hatte. Lachgas wurde in der Anästhesie als Schlafmittel verwendet.

Der hiesige Polizist fragte: «Haben Sie diesen Tank noch?»

«Ja, der ist in meinem Auto. Ein Schlauch ist von der Radkappe in den Innenraum gelegt worden. Auch den habe ich aufbewahrt.»

Xavier hatte diese Beweisstücke in eine Röntgentüte gesteckt und unter seinem Sitz versteckt. Sie gingen zu dritt zum Parkplatz und holten die Tüte.

Jean-Luc war froh, sich die Beine ein bisschen vertreten zu können.

«Arbeiten Sie schon lange in der radiologischen Abteilung?»

«Seit zehn Jahren unter dem dritten Chef, der heute seine Kündigung offiziell gemacht hat.»

«Wissen Sie etwas über die Umstände, warum er plötzlich geht?»

Xavier räusperte sich und meinte: «Der geht nicht plötzlich, schon gar nicht unüberlegt. Das ist alles seit Langem geplant».

«Warum?»

«Der hat einfach die Schnauze voll. Aber er ist irgendwie schlecht verstrickt mit der Direktion, den Gynäkologen und Ruth Amberg.»

«Wer ist die Dame?»

Xavier vertraute sich selten jemandem an, schon gar nicht seinen Kollegen, doch heute Abend empfand er wirklich das Bedürfnis, alles zu sagen, was der Polizei nützlich sein könnte. Die Verwaltungsratspräsidentin hatte wahrscheinlich gar nichts Falsches getan, ausser dass sie vielleicht ihre Nase in Angelegenheiten gesteckt hatte, die andere hatten ruhen lassen.

«Ruth Amberg ist medizinische Direktorin von unserem Krankenhaus. Früher war sie meine Chefin. Sie ist auch Radiologin. Sie könnte einiges wissen, was von Interesse sein könnte. Aber es wird nicht so einfach sein, an sie heranzukommen.»

Die drei waren wieder im Eingangsbereich des Polizeigebäudes angekommen. Die Polizisten nahmen noch die Fingerabdrücke von Xavier. Anschliessend bedankten sie sich bei ihm. Sie wünschten ihm eine gute Heimfahrt. Jean-Luc gab ihnen seine Karte, damit sie ihn direkt anrufen konnten.

«Warten Sie nicht zu lange.»

«Wir untersuchen den Behälter auf Fingerabdrücke, aber wahrscheinlich war da ein Profi am Werk und hat keine hinterlassen.»

Xavier fuhr nicht mehr nach Hause, sondern übernachtete in seinem Dienstzimmer.

Jean-Luc und Monsieur André Berger von der lokalen Polizei fuhren in separaten Autos hintereinander her zum Krankenhaus. André und Jean-Luc hatten sich kurz bekannt gemacht. Jean-Luc hatte ihm auch zu verstehen gegeben, dass er den früheren Fall im Krankenhaus nicht zuletzt deshalb gelöst hatte, weil seine Freundin ihm viel Insiderwissen zugetragen hatte.

André fragte frei raus: «Wo ist denn jetzt Ihre Freundin? Was macht sie beruflich?»

Jean-Luc antwortete ihm mit einem grossen Seufzer: «Sie ist in La Réunion und macht dort eine Vertretung als Radiologin.»

«Waren nicht dieser Xavier und auch die Ruth Amberg aus der gleichen Branche?»

Jean-Luc wollte nicht, dass André voreingenommen war. Er erklärte ihm aber trotzdem: «Radiologen sind in der Regel nur Handlanger, hingehen bringen die radiologischen Abteilungen den Krankenhäusern wirklich Geld ein.»

Nachdem sie im Feuerwehr- und Krankenwagendepot geparkt hatten, eilten sie ins Verwaltungsgebäude.

****

Dietger hatte Dienst und hielt noch ein Schwätzchen mit einer der Rezeptionistinnen. Sie schauten auf die Halle hinunter und sahen die beiden Polizisten ankommen. Dietger wusste noch nichts vom Tod von Nadine Huguenin-Morel. Es war noch niemand informiert worden. Er packte das Dienstlaptop ein und ging zu seinem Auto. Er hatte nicht allein Dienst, sondern mit einem Assistenzarzt im Vordergrund. Allerdings hatte die Technikerin Patrizia Nachtdienst, das konnte heiter werden.

Der erste Anruf kam schon nach drei Minuten. Es war sein Assistenzarzt: «Es kommt gleich ein Hirnschlag, ein «Code jaune», und die Chefin der Neurologie hat Dienst. Sie will immer, dass wir die Bilder unserem Chef zeigen.»

«Ja, schön und gut. Aber jetzt sind noch keine Bilder da.»

«Nein.»

«Ja, dann kann ich auch nichts angucken.»

«Nein.»

«Ja, dann bis nachher. Ruf mich an, wenn es Bilder gibt.»

«Könntest du nicht reinkommen. Es ist ja noch nicht spät.»

Dietger wusste, dass sich so eine Anfrage die Assistenten nur bei ihm leisteten. Er war eindeutig zu fürsorglich. Er wägte ab, was für ihn einfacher war. Wieder zurückzukehren, sich das ganze «live» anzusehen oder nach Hause zu fahren und die Bilder zu laden, was in der Regel ungefähr vierzig Minuten brauchte. Er war mittlerweile umgedreht und kam an einer kleinen Bäckerei mit Café vorbei, die noch offen hatte.

«Ich komme in zehn Minuten.»

Dietger besorgte sich zwei Stück Pizza zum Aufwärmen, lief schnellen Schrittes zurück zum Spital, um durch den Hintereingang rasch wieder in die radiologische Abteilung zu gelangen. Als er um die Ecke bog, hörte er das nervöse Gepiepse von den Monitoren. In der Vorbereitung stand eine grosse digitale Uhr. Seit Ankunft waren zehn Minuten vergangen, dreissig durften es maximal werden. Wahrscheinlich hatten sie noch nicht mal die nativen Schnitte gefahren. Er wandte sich also zuerst dem Aufenthaltsraum zu und schaltete die Mikrowelle ein. Er fand auch aus der Kantine entwendetes Geschirr und stellte sich einen Teller parat. Vom Aufenthaltsraum aus konnte man auf das Dach des Verwaltungsgebäudes sehen. Es regnete und die Tropfen sprangen aus der grossen Pfütze des Flachdaches hoch. Dietger ging pflichtbewusst zu seinem Assistenten ins CT. Der Bedienungsraum war vollgestopft mit Leuten. Dietger musste etwas sagen. Er erkannte sich selbst kaum wieder. Mit autoritärer Stimme sagte er: «Guten Abend allerseits. Hier im Schaltraum brauchen wir die Neurologin, eine Krankenschwester und den Assistenzarzt der Radiologie. Alle anderen müssen jetzt den Raum verlassen. Wir brauchen die drei Stühle und unsere Konsolen.»

Die Sanitäter verlagerten sich widerstrebend in Richtung Vorbereitung. Die zwei blaugekleideten Schockraumschwestern zogen Schnuten und verschwanden Richtung Notfallstation. Der Triage-Arzt und der Notfallarzt waren derart tief ins Gespräch vertieft, dass sie gar nicht reagierten. Sie sassen vor den Monitoren und hielten zu allem Übel die Mäuse in den Händen. Dietger klaute dem einen den Reflexhammer und schlug dem links sitzenden leicht auf die Finger. Dieser liess von der Maus ab und schaute Dietger verdutzt an.

«Bitte verlassen Sie den Raum.»

Der andere rechts erzählte weiterhin eine Geschichte, die überhaupt nichts mit dem Fall zu tun hatte. Dietger wies seinen Assistenzarzt an, den anderen zu vertreiben und sich endlich einzuloggen. Er tippte er auf den unteren Ring des Hockers, was dazu führte, dass dieser sich ruckartig senkte. Endlich begriff auch der Notfallarzt, dass er Platz machen musste. Die Neurologin fingerte immer noch vor den Augen des Patienten herum. Die eine Technikerin schloss den Kontrastmittelschlauch an. Die zweite versuchte, die Untersuchung zu planen. Es existierte jedoch keine Anmeldung. Ohne Anmeldung konnte man den Namen nicht ins System aufnehmen. Dietger atmete tief durch und versuchte den Triage-Arzt dazu zu motivieren, eine Anmeldung auszufüllen:

«Könntest du mal schauen, ob die digitale Anmeldung auch wirklich abgeschickt wurde?»

«Lass mich an euren Computer.»

Dietger wäre am liebsten die Wand hoch gegangen. Warum konnte dieser Gockel das nicht am PC der Notfallstation tun. Dietger wollte gerne wieder nach Hause und liess ihn ran. Er füllte die Anmeldung aus, denn niemand hatte in der Hitze des Gefechts daran gedacht. Endlich konnte die Untersuchung geplant werden. Für die Details brauchte er den Einweisungsgrund. Er näherte sich der Neurologin im Untersuchungsraum und sprach sie darauf an. Die Ärztin, die ihn hatte kommen hören, erschrak:

«Halt, stopp!»

Der Tisch bewegte sich und riss die Monitorkabel in die Spalte zwischen Untersuchungsbogen und Tisch. Ihr Kittelzipfel hatte sich zwischen dem Blutdruckmessgerät und dem Pulsoxymeter verhakt. Der Patient versuchte gerade, sich aufzurichten, um sich zu übergeben.

Nach fünf gefühlten Minuten, jedoch eigentlich nur zwei Sekunden später, blieb der Tisch stehen und die Technikerin kam rein und fuhr den Patienten wieder raus.

Dietger versuchte, Ruhe zu bewahren, und gab der Technikerin die Anweisung, die Untersuchung ganz normal zu machen.

****

Zur gleichen Zeit, keine fünfhundert Meter vom Krankenhaus entfernt, startete Ludovic den Motor seiner millionenschweren Jacht und wies Francesco an, sich auf den Beifahrersitz aus Mahagoniholz zu setzen. Alles glänzte hier und der Motor konnte sehr schnell beschleunigen. In der Mitte des Sees packte Ludovic Francesco mit einer Hand am Kragen. Mit der anderen Hand steuerte er weiter die Jacht mit sehr hoher Geschwindigkeit.

«Du wirst jetzt genau das machen, was ich von dir verlange.»

Francesco spürte die geballte Kraft des Gynäkologen und wusste, dass er ihn locker über Bord stossen konnte. Von der Mitte des Sees waren es über drei Kilometer bis zum Ufer.

74

«Du wirst Geld in Empfang nehmen und es von deinem Konto ins Ausland schleusen. Heute Nacht.»

Ludovic wusste, dass er nicht noch mehr Geld allein transferieren konnte, ohne dass es aufgedeckt würde.

****

Im Krankenhaus ging unterdessen der Alltag weiter. Der Patient im CT schien sich erholt zu haben, er legte sich brav wieder hin, wurde erneut von der Technikerin an der Stirn festgebunden. Endlich verliessen alle den Untersuchungsraum und begaben sich in den Bedienungsraum. Der Tisch bewegte sich ohne weitere Probleme. Der Schädel nativ zeigte keine Blutung, die Perfusion war voller Artefakte, unbrauchbar, auf dem Angio war ein Karotis-Verschluss zu sehen und die venöse Phase war verwackelt. Dietger kratze sich an seiner Glatze und wartete darauf, dass alle wieder verschwanden und er sich die Bilder in Ruhe ansehen konnte. Sein Magen knurrte und er dachte an die Pizza, die auf ihn wartete.

Nach fünf Minuten erschienen die Bilder. Dietger setzte sich aufrecht vor die Befundungsstation. Er nahm den nativen Schädel mit den Ein-Millimeter-Schichten und rekonstruierte sich die Bilder selbst. Er änderte die Kontrasteinstellungen und sah, dass keine Hirnischämie zu sehen war. Den Karotis-Verschluss hatte er schon auf den Rohdaten gesehen und der Neurologin mitgeteilt. Diese hatte ja sowieso entschieden, dass sie ihren Patienten nicht lysieren wollte. Sein Assistenzarzt war verschwunden, wahrscheinlich war er dabei, einen Ultraschall zu machen. Die Assistenzärzte nutzten die Zeit, wenn die Kaderärzte präsent waren, um in Ruhe andere Untersuchungen zu machen. Aber den Kurzbericht würde Dietger nicht für den Assistenzarzt tippen.

Er begab sich zum Aufenthaltsraum und lud sich die Pizzastücke auf den Teller. Damit setzte er sich vor den Fernseher. Patrizia hatte Nachtdienst und hatte sich dort breit gemacht. Sie erschien auch prompt nach fünf Minuten und verscheuchte Dietger von dem bequemen Sessel. Nun, am Tisch ging es auch.

«Du musst dein Dosimeter noch wechseln», äffte sie neben dem Fernsehlärm.

Dietger schaute an sich herunter. Sein Dosimeter war gelb, vom Vormonat.

«Hm, werde ich tun.»

Dietger genoss seine Pizza in vollen Zügen und würde sich das auch nicht von dieser Schnepfe verderben lassen. Anschliessend schlenderte er zum Tableau mit den Dosimetern. Sein neues hing dort. Er tauschte es aus. Interessant war, dass das Dosimeter von Hassan nicht dort hing, weder das alte noch das neue. Patrizia hatte sich erhoben und stand hinter ihm.

Ihr Blick folgte dem seinen.

Sie liess ihre schwarze Mähne runter und schwang die Haare nach hinten. Anschliessend steckte sie sie wieder hoch. Ihre Magersucht konnte sie in der viel zu gross gewählten Spitalkleidung gut verstecken. Ihr Gesicht blieb jedoch hager und knochig.

«Da fehlt ein Dosimeter. Hast du das Richtige genommen?»

Dietger löste die Klammer nochmals und schaute sich das rote kleine Kistchen genauer an. Sein Name stand drauf.

«Ja. Ich habe soeben gewechselt von Mai auf Juni. Alles bestens.»

Dietger nahm wieder das Dienstlaptop in die Hände und marschierte in Richtung CT. Er verabschiedete sich von seinem Kollegen und ging zu seinem dunkelvioletten VW. Es hatte aufgehört zu regnen. Die Sonne war wieder hervorgekommen und der Asphalt dampfte. Er liebte diesen Geruch. Warmer Asphalt roch nach Sommer. Am liebsten hätte er seine Schuhe ausgezogen und wäre barfuss gegangen. Er nahm sich fest vor, morgen seine Badesachen einzupacken und abends oder allenfalls über Mittag im See schwimmen zu gehen.

Patrizia beschloss, noch in derselben Nacht dem verschollenen Dosimeter nachzugehen. Sie würde schon mal ein Mail schreiben, damit Hassan klar wurde, dass er ihr schleunigst das alte zurückgeben musste.

****

Francesco und Ludovic hatten beide ihre Natels hervorgeholt und Francesco empfing eine halbe Million Franken von einem Konto und musste diese auf ein anderes weitersenden. Was hatte er für eine Wahl gehabt? Noch immer drohte

Ludovic, ihn aus dem Boot zu schmeissen. Schliesslich näherten sie sich dem Hafen.

Kapitel 8

Die tödliche Spritze und das verstopfte Filtersystem der Nieren: Nieren sind eine Art Sieb zur Uringewinnung. Vor allem bei Patienten mit bereits eingeschränkter Funktion dieses Siebsystems kann die Gabe von Röntgenkontrastmittel im Rahmen einer Computertomografie Schaden verursachen. Einzig akzeptierte Form der Vorbeugung ist derzeit die Hydratation, das heisst die Gabe von Wasser. Zahlreiche epidemiologische Studien zeigen eine gesteigerte Sterberate bei beeinträchtigter Nierenfunktion und Kontrastmittelgabe. Eine Kontrastmittelspritze kann also auch tödlich sein.

Am nächsten Morgen trafen sich alle Radiologen im Rapportraum. Noch hatte die Kündigung von ihrem Chef etwas Unwirkliches an sich. Die Übergabe der Fälle nahm ihren Lauf. Dietger sass in der hintersten Reihe und begann, mit seinen Gedanken abzuschweifen. Vorne sass Xavier und suchte die Fälle raus. Mit seiner etwas monotonen Stimme sprach Hassan von einem PET-CT, bei dem man einen neu aufgetretenen Lymphknoten sah, den man punktieren sollte. Die Patientin sei die Ehefrau eines alteingesessenen Geschäftsmannes. Die Familie trug einen schwungvollen Namen mit einem «von», war also adelig.

Dietger fielen die Augen zu. Er hörte noch hin und nahm wahr, dass ein lokalhistorisch angesehener Patient kommen sollte. Er schweifte weiter ab und hörte nur noch mit einem Ohr zu. Dass dieser Patient, eigentlich eine Frau, aber für Dietger ein Mann vom privaten Nachbarkrankenhaus, im Laufe des Vormittags kommen würde. Dietger sah eine Bahre vor sich mit einem königlich gekleideten Patienten. Er trug bunte Baumwollstoffe. Irgendwie vermischte er da etwas, doch der Schlaf übermannte ihn. Plötzlich war die Bahre eine Sänfte und die Baumwollstoffe kleideten das Traggestell aus, flatterten im Wind. Getragen wurde die Sänfte von vier schwarzhäutigen Männern. Sie gingen mit dem Patienten, einem afrikanischen König, durch eine in der Hitze flimmernde

Stadt auf einen Palast zu. Diese Baumwollstoffe waren früher beliebt gewesen im Handel mit afrikanischen Königen. Man tauschte sie gegen Sklaven ein, die nach Süd- oder Nordamerika verschifft wurden. Damit konnte Zucker, Baumwolle und Kaffee gekauft werden. Der Lokaladel hatte mit diesen Dreiecksgeschäften viel Geld verdient und der Stadt zu einer öffentlichen Bibliothek und einem Sandsteinrathaus verholfen. Dietger träumte weiter. Der König auf der Sänfte wandelte sich wieder und hatte nach seiner Reise mit den schwarzen Trägern die Gestalt des gynäkologischen Chefarztes, Ludovic Debroise, angenommen.

Xavier und Hassan unterhielten sich weiterhin über die Punktion und über technische Details. Die Patientin wurde von der Gynäkologie angemeldet. Der Chefarzt persönlich würde anwesend sein bei der Punktion. Xavier zog eine Augenbraue hoch und meinte: «Es wird schwierig werden, einen Termin zu finden; das CT-Programm ist heute bis abends voll.»

Diegter schlief selig und baute Ludovic Debroise weiter in seinen Traum ein. Dieser war mittlerweile von seiner Sänfte gestiegen und instruierte seine vier schwarzen Träger, wie sie die Sänfte im Vorraum des CTs hinstellen sollten. Sie befolgten seine Anweisungen und die Sänfte stand vor dem Kreatinin-Messgerät, das so natürlich nicht mehr zugänglich war. Dietger sah noch, wie alle vier in Richtung Notfallstation verschwanden, wie gestern die Krankenschwestern bei dem Schlaganfallpatienten.

Xavier war aufgestanden und blickte wohlwollend auf Dietger, der angefangen hatte ganz leise zu schnarchen. Er musste ihn wecken, denn in fünf Minuten würden die Chirurgen erscheinen. Er stupste ihn leicht an: «Dietger, der Chirurgie-Rapport fängt gleich an. Kannst du mich so lange am CT vertreten?»

Dietger machte die Augen auf, sprang wie von einer Tarantel gestochen auf. Er klatsche sich mit der Handfläche an die Stirn: «Was muss ich tun?»

«Nur die Protokolle der ersten drei Patienten schreiben und sie abnehmen. Sonst nichts.»

«Die Punktion machen wir über Mittag.»

«Danke.»

Xavier sagte: «Nichts zu danken. Ich danke dir.»

«Bis gleich.»

Xavier setzte sich wieder hinter die Bildschirme an der Frontseite des Rapportraumes. Dietger ging in Richtung CT. Vorher brauchte er aber dringend einen Kaffee. Am Kiosk bestellte er sich einen zum Mitnehmen. Er schaute hoch zu den Fenstern des Verwaltungsgebäudes und sah das rot-weisse Absperrband. Er wunderte sich nicht darüber, denn das Krankenhaus wurde nach und nach renoviert und die Baustellen wurden mit solchen Bändern abgesperrt. Er blickte zu der Büste hoch, dann wieder zu seinem Kaffee und wieder zu der Büste.

«Von wem war die nochmal?» In Dietgers Kopf spulte plötzlich nochmals sein Traum ab.

Mehr zu sich selbst sagte er: «Von einem edlen Spender, einer lokalhistorischen Persönlichkeit. Ah, und heute kommt irgendeine Urenkelin als Patientin. Dietger sah nochmals hoch. Er sah Ruth Amberg mit ihrer Sekretärin im Gang neben der Büste stehen. Sie standen sehr nah beieinander und Dietger glaubte zu sehen, wie Ruth die Hand der anderen ergriff. So eine Geste hatte er an dieser Frau noch nie erlebt!

Die Kioskfrau überreichte Dietger seinen Pappbecher und fragte ihn: «Zucker oder Rahm?»

«Ohne nichts, bitte.»

Er bezahlte und blieb noch bei einer Überschrift des «Express» hängen. Dies war die lokale Zeitung, die auf jeden Fall schneller berichtete, als die Direktion ihre Mitarbeiter informierte.

Die Überschrift lautete: «Die Zukunft der öffentlichen Krankenhäuser in acht Punkten.»

Dietger las, dass der Journalist sich mit einem Rapport vom Regierungsrat hatte vertraut machen dürfen und dass dieser in acht Schritten die Trennung der zwei Hauptkrankenhäuser vorsah.

Ohne die Zeitung herauszunehmen, konnte er gerade den oberen Teil der ersten drei Punkte lesen: «Vier Phasen bis 2022, um die Trennung zu vollziehen, die Krankenhäuser werden in zwei separate Firmen umstrukturiert und jedes

Krankenhaus soll vierzig beziehungsweise sechzig Prozent des Gesamtvolumens erhalten.»

Der Kaffee war mittlerweile trinkbar und Dietger entschloss sich, die Zeitung zu kaufen, um den ganzen Artikel in Ruhe lesen zu können. Hier hatte jemand mehr Insiderinformation, als er je im Leben von Hassan, seinem Chef, oder von der Spitaldirektorin, Ruth Amberg, erhalten würde. Ruth Amberg hasste ihn, soviel wusste er. Sie grüsste ihn nicht mal mehr, wenn er an ihr vorüberging. Von ihr würde, wenn alles glatt lief, allenfalls Xavier oder Hassan ein paar Informationshäppchen erhalten. Er kramte die drei Franken aus seiner Tasche: «Einen Express, bitte.»

Die Kioskfrau gab ihm die Zeitung und Dietger setzte sich an einen Tisch unmittelbar unter der Röntgenanmeldung. So mussten sich die Rezeptionistinnen wenigsten den Hals verrenken, wenn sie ihn sehen wollten. Er überflog die weiteren Untertitel des offensichtlich hochaktuellen Artikels, bis er auf ein Interview mit dem administrativen Direktor des Krankenhauses stiess. Er war auf einem kleinen Foto zu sehen und beantwortete Fragen zu dem Bericht.

«Sieh an, sieh an», sagte Dietger zu sich selbst. Seinen Kaffee hatte er mittlerweile getrunken, nun wunderte er sich über die Ruhe. Normalerweise klingelte sein Telefon alle fünf bis zehn Minuten. Er fasste sich an beide Hosentaschen und realisierte, dass er sein Telefon gar nicht dabei hatte. Ihm lief es heiss und kalt den Rücken runter. Er nahm seine Zeitung und hechtete die Treppen in den ersten Stock hoch. Im CT schaute er in die Runde der Techniker. Diese hatten offensichtlich nicht versucht, ihn anzurufen. Sie begrüssten ihn freundlich und vertieften sich wieder in ihr Gespräch. Der erste Patient habe abgesagt und es gebe keinen Hospitalisierten zum Vorziehen. Dietger zog aus seinem kleinen blauen Sportrucksack sein Natel heraus. Er stellte es an und schlug nochmals die zweite Seite mit dem Interview auf.

Der Spitaldirektor wurde zitiert: «Er hält das Gegenteil für richtig, nämlich die beiden Krankenhäuser zusammenzulegen, am besten am Littoral, zumal dort das Gebäude neueren Datums ist und billiger anzupassen ist, ansonsten allenfalls auf der grünen Wiese zwischen den beiden jetzigen Standorten.»

«So, so», meinte Dietger.

Xavier gesellte sich zu ihm: «Was gibt es Neues?»

Dietger sah ihn über den Rand der Zeitung an: «Du weisst doch sicher mehr, als hier drinsteht.»

«Nein, aber in meinem E-Mail fand ich heute ein internes Pressekommuniqué mit der brisanten Neuigkeit, dass unser administrativer Direktor geht. Natürlich steht nicht drin, ob er nun gehen muss oder von allein geht.»

Dietger faltete die Zeitung zusammen und wartete, bis Xavier sein E-Mail aufgerufen hatte. Er öffnete die politisch brisante Nachricht und machte den Anhang für Dietger sichtbar. Dietger nahm sich Zeit und las Zeile für Zeile: «Man danke dem Direktor für all die geleistete Arbeit. Dieser werde sich jetzt neuen Projekten zuwenden. Auch der Verwaltungsrat wünsche ihm ganz viel Erfolg für seine Zukunft.»

«Gegangen oder gegangen worden?», fragte er Xavier.

Xavier atmete tief ein. Er wusste nichts Sicheres: «Ich weiss es nicht.»

«Aber was meinst du, ist er freiwillig gegangen oder wurde er geschasst? Oder hat dieser Abgang was mit dem von Hassan zu tun?»

Xavier rieb sich seinen Bart und antwortete: «Ich habe gestern die Gynäkologen zur Direktion gehen sehen. Gerne wäre ich eine Maus gewesen bei ihrem Gespräch.»

Xavier sprach weiter: «Die Verwaltungsratspräsidentin wurde tot aufgefunden und die Polizei ermittelt, da sie meint, dass es eventuell Mord sein könnte.»

Das war definitiv zu viel für Dietger. Er stand auf, klatsche sich mit der Handfläche auf seine Stirn und liess sich gleich wieder in seinen Sessel plumpsen.

Xavier machte sorgfältig sein E-Mail wieder zu und klopfte Dietger auf die Schulter: «Das alles wird wenig an unserem Alltag ändern. Der wird bestimmt von einem übervollen MRI-Programm, einem unmenschlichen CT-Programm und einer schlicht überbordenden Ultraschallagenda.»

Dietger wollte den Artikel mit dem Interview später noch fertiglesen und verstaute die Zeitung in seinem Rucksack. Er loggte sich an seiner Befundungskonsole ein und machte sich an die Arbeit.

Der Abgang von Hassan hatte definitiv mehr Einfluss auf seinen Alltag. Langsam verstand er auch, warum dieser in letzter Zeit so eigenartige Entscheide getroffen hatte.

Zur gleichen Zeit betrat Hassan ein Büro im Verwaltungsgebäude. Er und der Informatiker waren allein. Hassan hatte sich damals von seiner Vorgängerin Ruth Amberg das Abrechnungssystem und das Buchhaltungssystem erklären lassen. Die Techniker rechneten ab, die Daten wurden auf ein separates Programm übertragen und über einen eigenen Server der Direktion übermittelt. Jede Manipulation wurde registriert und ein speziell darauf angesetzter Techniker kontrollierte die Abrechnungen nochmals. Die pro Monat generierte Summe aus diesen Korrekturen betrug nochmals 600 000 Franken. Hassan hatte jedoch keine Ahnung, wie viel die Gesamtsumme ausmachte. Er bot dem Techniker die Hälfte der erwirtschafteten Korrekturen an. Dafür brauchte er Informationen. Die Gesamtsumme, die Passwörter der Programme, die Manipulationsmöglichkeiten. Der Informatiker nahm an. Es flossen jetzt auch zehn Prozent in Hassans Tasche. Die erzwungene Mitarbeit bei Ludovic Debroise und Francesco Devillo war finanziert.

Xavier war allein in seinem Büro und loggte sich in das Patientendaten-programm ein. Was viele nicht wussten, war ihm jedoch bekannt. Man konnte, ohne Spuren zu hinterlassen, mit diesem Programm in das Abrechnungssystem einsteigen und Rechnungen und eingegangene Zahlungen kontrollieren, jedoch nicht manipulieren. Das war eines der wenigen Geheimnisse, die ihm Ruth Amberg für seine Interimsleitung anvertraut hatte. Xavier wusste, dass Hassan diesen Zugang nicht kannte oder nutzte. Jetzt merkte er auch, dass die Daten heute verändert worden waren.

Der letzte Patient im CT hatte seit Jahren Nierenprobleme. Die Technikerin war zu müde, um die üblichen Fragen über Allergien und Nierenprobleme zu stellen. Sie beeilte sich, wollte nach Hause. Schnell hatte sie seine Leitung mit Kochsalzlösung gespült und an die Kontrastmittelpumpe gehängt. Dietger verordnete sowohl einen Kontrastmitteleinlauf als auch eine Kontrastmittel-injektion.

Kapitel 9

Ein Einlauf ist eine retrograde Füllung des Enddarmes. In der Radiologie geschieht dies mit Kontrastmittel. Die folgenschwerste Komplikation des Kolonkontrasteinlaufes ist ein Einriss der Darmwand mit Austritt von Kontrastmittel in die Bauchhöhle. Dies kann zu einer schweren Entzündung des Bauchfells führen. Ein Durchbruch kommt häufig bei vorgeschädigter Wand vor und kann sehr schwer verlaufen. Die Mortalität in diesem Fall beträgt beachtliche zwölf Prozent.

Ruth Amberg stand im Büro ihrer Sekretärin und grinste. Sie war seit vier Jahren medizinische Direktorin des Krankenhauses und stand nun ziemlich allein da. Gestern waren die Gynäkologen bei ihr gewesen und hatten versucht, sie unter Druck zu setzen. Sie hatten sich vor ihr und dem administrativen Direktor, Lionel Sanders, aufgebockt. Der Chefarzt hatte vier Briefe in der Hand gehabt:

Der Chefgynäkologe sprach mit arrogant vorgeschobener Brust: «Entweder wir gehen oder Sie lassen Ihre Lohndeckelung fallen. Hier sind unsere vier Kündigungen. Die Saläre bleiben offen nach oben und wir erhalten weiterhin zwanzig Prozent der radiologischen Einnahmen. Diese werden an der Quelle abgezogen, bevor sie in der Buchhaltung erscheinen. Wenn das weiterhin geschieht, bleiben wir, ansonsten stirbt das Krankenhaus – mit unserem Abgang. Ohne Gynäkologie mit Gebärabteilung gibt es keinen Grund mehr, in dieses Krankenhaus zu kommen. Basta.»

Die Sitzung hatte gerade mal zwei Minuten gedauert, dann hatte sich Ludovic Debroise wieder erhoben. Er hatte die vier Umschläge wieder eingepackt, denn Amberg und Sanders schienen begriffen zu haben, was Sache war.

Lionel Sanders und Ruth Amberg hatten sich angeschaut. Keiner hatte ein Wort herausgebracht. Normalerweise wären sie zu Nadine Huguenin-Morel gegangen, und zwar schnurstracks. Jetzt blieben ihnen nicht viele Möglichkeiten.

****

Hassan begegnete Ludovic auf der Rampe im Parkhaus. Ludovic drängte ihn in das zweite Untergeschoss und packte ihn: «Auf dich ist kein Verlass, ich musste selbst Hand anlegen.»

Hassan war verzweifelt und liess Ludovic machen, damit er sich vielleicht beruhigte, was dann auch geschah. Ludovic schob ihn gegen die Wand und liess ihn gehen.

****

Jean-Luc schaute sich am Flughafen nach Geraldine um und konnte sie endlich hinter dem Zoll in die Arme schliessen.

«Ich ermittle jetzt in der französischen Schweiz und gelte als Krankenhaus-intrigenspezialist.»

«Schick! Lass hören oder ist alles geheim?»

«Ja, natürlich alles geheim, aber ich brauche dich mehr denn je.»

Jean-Luc führte seine Freundin in ein Hotel mit Seeterrasse. Sie liessen es sich erst mal gutgehen.

****

Lionel Sanders und Ruth Amberg hatten mit einer Reform des kollektiven Gesamtarbeitsvertrages die Löhne vereinheitlichen und plafonieren wollen. Mit dem Druck der Gynäkologen konnten sie in diese Richtung nicht weiter vorstossen. Ruth Amberg und der administrative Direktor verstanden sich relativ gut. Es herrschte eine gute Kommunikation zwischen den beiden, aber ihre Verankerung im System basierte nicht auf denselben Fakten.

Ruth Amberg hatte ihren politischen Halt über ihre Verbindungen mit dem Universitätsspital des Nachbarkantons bekommen. Direkt im Haus hatte sie mit dem Wechsel des administrativen Direktors vor drei Jahren einen Verbündeten verloren. Noch konnte sie sich auf die Loyalität von Hassan Jourdani, dem Chefarzt der Radiologie, stützen, zumal sie diesen eingestellt hatte. Auch Xavier Berthier, den Kaderarzt der Radiologie, schätze sie als integren und loyalen Mitarbeiter ein. Die Chefärzte der Pädiatrie und der Onkologie waren schwache Persönlichkeiten, die sich im Grunde nicht für ihre Führungsaufgaben und die Spitalpolitik interessierten. Der Chefarzt der Chirurgie und der Chefarzt der

Medizin waren gefährlich. Die Gynäkologen waren aggressiv und bedrohlich, wie es sich gerade gezeigt hatte.

Lionel Sanders als «unbekannter Retter» eingesetzt, war bald sehr allein gelassen worden. Er hatte keine Unterstützung, weder von unten noch von oben. Der für die Gesundheitspolitik zuständige Regierungsrat war sehr schwer fassbar gewesen. Es hatte wohl ein paar Begegnungen gegeben, aber er hatte nie Stellung bezogen. Der Regierungsrat war von den Wählern des oberen Bezirks gewählt worden und war nun in einer politischen Pattsituation. Ihm ging es lediglich um seine eigene Haut, die musste er durch vier lange Regierungsjahre retten. Da gab es nur eine Devise: im ersten Jahr beobachten, im zweiten Jahr analysieren und die beiden verbleibenden Jahre die Neuwahl vorbereiten, indem man nichts überstürzte. Somit war er völlig nutzlos als Gesprächspartner von Lionel Sanders gewesen und würde es auch immer bleiben. Lionel Sanders hatte versucht, sich mit dem Finanzdirektor zu verbünden, damit seine Vorstösse wenigstens finanziell korrekt und logisch waren. Da waren jedoch Realitäten an den Tag gekommen, die ihn zum Innehalten gezwungen hatten. Er kam sich wie gefesselt vor in seiner Position. Er hatte kein Team und sollte im Prinzip ein Grossunternehmen führen. Ruth Amberg war ihm zwar freundschaftlich gesinnt, hatte jedoch weder eine Managementausbildung noch ökonomische Kenntnisse.

Im gestrigen Interview hatte Lionel Sanders zum ersten Mal Stellung bezogen und er hatte im Grunde genommen gewusst, dass sich diese nicht mit der des Regierungsrates deckte. Dass ihm aber noch am selben Abend die Kündigung nahegelegt worden war, hatte ihn doch etwas erstaunt. Der Verwaltungsrat hatte keine Präsidentin mehr, war ein nutzloser Haufen in diesem ganzen Schlamassel. Der Regierungsrat hatte keine Handlanger mehr. Lionel Sanders konnte keine Interviews geben und keine eigene Meinung entwickeln. Er hatte schleunigst abgesetzt werden müssen. Freistellung mit sofortiger Wirkung.

Auch Ruth hatte von der Entlassung von Lionel Sanders am selben Morgen per E-Mail erfahren. Da hatte sie zweimal schlucken müssen. Er hatte offensichtlich die Direktionsassistentin und den Vizepräsidenten des Verwaltungsrates informiert und es war zu diesem kollektiven E-Mail gekommen. Da war wohl nicht mehr daran zu rütteln. Die Tür zu Lionels Büro war zu und ihr Klopfen verhallte im Leeren.

****

Jean-Luc Quendlin machte nun seinen Job als Polizist. Die Leiche hatte man abtransportiert und eine Autopsie war vorgesehen. Sämtliche Computer im Raum hatte man beschlagnahmt. Jean-Luc begann, sich die herumliegenden Akten anzusehen. Es stank noch bestialisch im Raum. Er öffnete ein Fenster und schaute sich den Aktenschrank an. Es gab einen Grund, diese Frau umzubringen, aber wahrscheinlich war dieser Grund nicht in diesen Akten zu finden. Er musste versuchen, mit Leuten zu reden, die Insiderinformationen hatten. Das Gespräch gestern mit diesem Radiologen Xavier Berthier war ein Anfang gewesen, aber er brauchte weiter oben in der Hierarchie des Spitals einen Informanten. Er dachte zurück an den Fall letztes Jahr, der sich bei ihm in der Hauptstadt abgespielt hatte. Es war eine Bedrohungsgeschichte, bei der es einerseits um viel Geld, aber auch um einen megalomanen Direktor gegangen war. Dieser war bis zu einem gewissen Grad mit dem Chefarzt der Radiologie verbündet gewesen. Er nahm sich vor, mit André zusammen den Chefarzt Hassan Jourdani zu verhören. Auch interessant wäre sicher die Meinung des Leiters des technischen Dienstes, wenn er an Alfons Biche dachte und dessen Rolle bei seinem Fall vor einem Jahr. In der Regel waren die Leute vom technischen Dienst clever und gut vernetzt, zumal sie sich mit allen Abteilungen herumschlagen mussten.

****

Xaviers Telefon läutete und es meldete sich eine Technikerin:

«Dein Transit ist bereit.»

Xavier wunderte sich einmal mehr, dass die Anmeldungsdamen ihn nicht vorgewarnt hatten. Die Techniker hatten sich nicht abgesprochen. Es lagen wieder mal drei Patienten gleichzeitig parat. Er dachte sich seinen Teil und nahm sich vor, mit Annabelle zu reden. Sie nahm sich zu viel heraus.

«Ich komme. Könntest du in der Zwischenzeit ein Abdomenleerbild im Liegen machen.»

«Nein, der Patient steht schon.»

Xavier kapierte, dass er es mit Patrizia zu tun hatte. Jetzt würde er alle Diplomatie anwenden müssen.

86

«Du kannst es auch im normalen Röntgenraum machen und ihn anschliessend wieder im Durchleuchtungsraum hinsetzen.» Er wusste, dass Patrizia zu faul war, den Tisch nochmals zu kippen.

«Könnten wir das nicht auch im Stehen machen.»

Xavier hasste stehende Bilder. Meistens war das Zwerchfell abgeschnitten und der Darminhalt des Dünndarms verdeckte manche Teile des Dickdarms und auch manche Retroperitoneallinien.

«Nein, ich brauche ein liegendes Bild.»

Ihm wurde es langsam zu viel, sich hier am Telefon mit Patrizia zu streiten, wo er doch gerne noch diesen Ultraschall fertig gemacht hätte. Er atmete nur noch kurz ein, dann hatte Patrizia aufgelegt und wie er sie kannte, würde sie widerwillig den Tisch kippen und ein liegendes Bild machen.

Eine Aspiration oder das Sichverschlucken kann vom Körper durch Heraushusten der aspirierten Substanz oder des Fremdkörpers selbst behoben werden. Das Kontrastmittel kann man ebenfalls in den falschen Hals bekommen. Dies kann zu einer lebensbedrohlichen Situation führen. Insbesondere fatal ist, wenn dies bei einem Patienten mit einem Darmverschluss geschieht. Potenziell kann bei Bewusstlosigkeit oder einem gelähmtem Kehldeckel Flüssigkeit in die Lunge geraten. Die Lunge wird geschädigt durch den sauren Magensaft, aber auch durch die osmotische Reaktion des Kontrastmittels. Das ist meistens tödlich.

Xavier verabschiedete sich von seinem Patienten im Ultraschall und kam zum Durchleuchtungsraum für Magendarmuntersuchungen. Er begrüsste den Patienten und erklärte ihm den Ablauf der Untersuchung. Er musste bei sehr unspezifischen Beschwerden eine abgekürzte Version des Schluckaktes durchführen. Er drückte kurz auf die Durchleuchtungstaste, aber das Gerät war noch blockiert. Er bat Patrizia, die Durchleuchtungstaste zu aktivieren. Der harte Gaumen musste mit aufs Bild und da der Patient zu weit unten war, wies er Patrizia an, etwas höher zu zentrieren. Sie fuhr mit grosser Zielsicherheit in die Gegenrichtung.

Xavier hatte Lust, den Steuerknüppel selbst in die Hand zu nehmen, wusste aber, dass das gar nicht so einfach war, da er sich ja auch auf die Pathologie konzentrieren musste.

«Nein, bitte in die andere Richtung.»

Patrizias Telefon klingelte und eine Kollegin wollte ihre Hilfe im CT.

«Du, ich bin jetzt gerade beschäftigt. Kannst du nicht jemand anderen rufen. Danke.»

Xavier wiederholte seinen Wunsch: «Ich hätte gerne eine etwas höhere Zentrierung.»

Patrizia bediente den Tisch ruckartig.

Xavier versuchte, ruhig zu bleiben, und sagte: «Jetzt schaltest du bitte auf Serie mit sechs Bildern pro Sekunde.»

Patrizia tippte wie wild auf das Schaltpult ein, stellte aber den Durchleuchtungspuls auf sechs Bilder pro Sekunde und blieb weiterhin bei Einzelbildern.

Xavier schüttelte mittlerweile das Barium auf, goss es in einen Becher und gab dem Patienten einen Schluck. Er überprüfte die Untersuchungsposition und schrie in den Raum: «Schlucken!»

Gleichzeitig trat er auf sein Bildaquisitionspedal. Er konnte gerade mal ein Bild schiessen, zumal Patrizia nicht umgestellt hatte. Das Kontrastmittel war längst weg, als er die falsche Einstellung bemerkte.

«Ich hätte gerne sechs Bilder pro Sekunde und die Möglichkeit eine Serie, einen Film, aufzunehmen.»

Patrizia hatte ihre langen schwarzen Haare gelöst und ein Vorhang hing über ihr Gesicht bis runter zum Schaltpult. Sie versuchte, die Taste zu finden, wo man das Gerät umstellen konnte.

Der Patient begann, sich zu beklagen: «Ich bin langsam müde und kann nicht mehr auf diesem schmalen Tritt stehen.»

Xaviers Telefon läutete und die Technikerin fragte: «Bist du mit deinem Schall fertig?»

«Dem von vorhin? Ja, sicher oder hast du jetzt schon wieder einen aufgelegt?»

Xavier war noch am Telefon, als er dem Patienten zu verstehen gab, wieder einen Schluck Barium in den Mund zu nehmen.

«Schlucken!», rief er wieder vom Schaltraum in den Untersuchungsraum und drückte auf sein Pedal. Diesmal funktionierte das Gerät, wie er es wünschte, nur hatte sich der Patient verschoben und die Luft vor den Halsweichteilen wurde von der Belichtungskammer gemessen. Somit war das ganze Bild beziehungsweise die Serie komplett überbelichtet. Innerhalb der weissen Schatten konnte er seinen Bariumbolus nicht mehr erkennen. Xavier wünschte sich einen anderen Techniker. Er bot dem Patienten einen Stuhl an und sah sich die Bilder an. Bis jetzt hatte er nichts Brauchbares.

«Moment, ich komme gleich wieder», meinte er zu Patrizia gewandt und verschwand Richtung Aufenthaltsraum. Dort sassen vier Techniker und machten Pause. Xavier wusste, dass er jetzt einen absoluten «No-go-Fehler» beging.

«Ist es nicht langsam Zeit, die Technikerin im Magendarmraum abzulösen?»

Pflichtbewusst schauten die vier auf ihre Uhren und ein älterer, immer sehr freundlicher Techniker erhob sich.

Sie kehrten zusammen zurück. Patrizia war verschwunden. Xavier hoffte, dass sie eine Zigarette rauchen gegangen war, zumal er auf unbestimmte Zeit verschwunden war. Patrizia würde das sofort ihrer Chefin melden und ihn anschwärzen.

Xavier musste jetzt aber die Untersuchung zu Ende bringen, da er dringend in einem anderen Raum gebraucht wurde. Problemlos zentrierte er zusammen mit dem Techniker nochmals auf den oberen Teil der Speiseröhre und anschliessend auf den unteren. Anschliessend schoss er ein paar Bilder vom Magen und vom Dünndarm. Die Untersuchung hatte kaum zehn Minuten gedauert. Er ordnete an, dass alle Bilder aufs PACS geschickt wurden, und verabschiedete sich vom Patienten. Er wurde schon im CT erwartet.

Kapitel 10

Kontrastmittelextravasation: So wird das ungewollte Einspritzen des Kontrastmittels in die Weichteile genannt. Normalerweise muss man durch den venösen Rückfluss bestätigen, dass die Kanülenspitze wirklich in der Vene liegt. Daneben gespritzt wird in weniger als ein Prozent der Kontrastmittelgaben und dass es passiert, ist nicht direkt abhängig von der Flussrate. Meistens verspürt der Patient unmittelbar bei der fehlgeleiteten Injektion ein Anschwellen und einen Schmerz. Das sogenannte Logensyndrom bei dem durch den Druck innerhalb eines Muskelkompartments die Blutversorgung reduziert wird, führt zum Absterben des Muskels und muss chirurgisch behandelt werden. Dieses Syndrom kann auch mit bei korrekter Behandlung tödlich enden.

Jean-Luc las den Geschäftsbericht des Krankenhauses. Geraldine hatte ihm eingeschärft, sich nicht damit zu begnügen, den offiziellen Bericht zu lesen, sondern nach Geldverschiebungen zwischen den verschiedenen Departementen zu forschen. Er wollte sich mit Ruth Amberg, der medizinischen Direktorin, treffen und auch Xavier nochmals sprechen. Er drückte auf die Klingel der Anmeldung der Direktion. Sofort wurde ihm geöffnet: «Kommen Sie rein, Sie wollen sicher zu Frau Doktor Amberg.» Eine weitere Tür öffnete sich und die medizinische Direktorin stand vor ihm.

«Darf ich Sie kurz sprechen?»

Ruth Amberg hatte nichts zu verlieren. Ihre Zeit war hier um. Sanders war schon entlassen: «Kommen Sie in mein Büro.»

Sie nahmen am Ende eines Konferenztisches Platz und Ruth Amberg goss ihnen beiden ein Glas Wasser ein. Jean-Luc wollte eigentlich gleich auf das Wesentliche zu sprechen kommen, brauchte aber eine Einleitung: «Wie geht es bei Ihnen jetzt beruflich weiter? In den klinischen Alltag zurück nach fünf Jahren dürfte schwierig werden.»

Ruth Amberg warf ihren langen, roten Zopf über die Schultern. Verdammt nochmal, woher wusste dieser Polizist, dass sie abgesägt wurde? Sanders war entlassen worden, aber auch das war offiziell noch nicht bekannt. Sie antwortete: «Ich werde in eine private Struktur wechseln, aber weiter in der Verwaltung bleiben.»

«Was war der Ausschlag, hier zu gehen?»

«Der Weggang von Sanders.»

Jean-Luc begann zu schwitzen. Er hatte sich arg verstrickt und den medizinischen und administrativen Bereich durcheinandergebracht. Er hatte von Sanders Abgang noch nichts gewusst, aber offensichtlich den Nagel auf den Kopf getroffen getroffen: «Und wieso muss er gehen, so plötzlich?»

«Das ist eine politische Geschichte in einem komplizierten Kanton mit Fehden zwischen dem oberen und dem unteren Teil beziehungsweise innerhalb des Spitalverbundes.»

Jean-Luc wollte mehr wissen: «Wer sind die Gewinner innerhalb des Verbundes? Mit Ihrem Abgang; mit dem von Sanders?»

Ruth Amberg liess sich die Frage durch den Kopf gehen und schaute aus dem Fenster, bevor sie antwortete: «Ludovic Debroise und seine Bande, allenfalls die Chirurgen von unten.»

Jean-Luc wollte schriftliches Material: «Wäre es möglich, mir die Lohnabrechnungen der Herren vorzulegen?»

Ruth Amberg fand, dass dieser Polizist innert Minuten ins Schwarze getroffen hatte, und begann Respekt zu gewinnen. Sie startete ihren PC und schlug tief im Buchhaltungsprogramm die Lohnabrechnungen auf, zeigte Jean-Luc die Seiten. Er bat sie, diese auszudrucken.

Jean-Luc folgte weiterhin Geraldines Anweisungen: «Was fliesst sonst noch auf diese Konten?»

Ruth Amberg starrte den Polizisten an: «Gestern wurden wir von den Gynäkologen erpresst, den kollektiven Arbeitsvertrag wieder in seine ursprüngliche Form zu bringen, das heisst die Lohnbeschränkung nach oben aufzuheben. Sie drohten mit einer kollektiven Kündigung. Nur Ludovic ist von dieser Abdeckelung wirklich betroffen. Nadine Huguenin-Morel wollte das nicht!»

****

Gleichzeitig näherte sich Xavier dem CT-Schaltraum. Patrizia sass auf dem einen Hocker und blickte ihn böse an. Sie hatte ihre Haare wieder hochgesteckt und sich den Lippenstift nachgezogen. Xavier entschuldigte sich zuckersüss für die Unterbrechung des Transits. Er witterte eine Chance, ungeschoren davonzukommen, zumal ja auch sie mitten in der Untersuchung verschwunden war.

Scheinheilig fragte sie: «Wollen wir fertig machen?»

Xavier meinte nur: «Das ist schon passiert, kein Problem, alles im Kasten.»

«Mit wem?»

Doch darauf wollte sich Xavier nicht einlassen und verschwand in Richtung Befundungsraum.

Dort traf er auf einen immer noch müde aussehenden Dietger. Joseph sass mit in einem hellvioletten Hemd neben ihm. Beide blickten auf, als Xavier eintrat.

«Wie wäre es mit Mittagessen?»

Dietger wollte gerne zum See gehen und eine Runde schwimmen. Er wusste, dass dies eigentlich verboten war, da er immer erreichbar sein musste.

«Ich esse erst später und mache noch ein bisschen weiter», verkündete er.

Joseph erhob sich und liess seinen Kittel über dem Stuhl hängen. Er wollte gerne mit Xavier essen gehen, zumal dieser besser an alle Neuigkeiten herankam als Joseph. Sie gingen über den Flur und trafen auf einen Mitarbeiter des technischen Dienstes. Dieser kam auf die beiden zu, mit einem Ultraschallgerät, das er vor sich herschob. Sie hielten alle drei an. Der Mitarbeiter vom technischen Dienst war gut gekleidet, trug ein dunkelgrau schimmerndes Hemd und einen grünen Sakko. Er hatte einen guten muskulösen Körperbau. Er stand nun rechts vom Ultraschallgerät und Joseph links. Xavier stand neben dem Ultraschallgerät, das somit eine Art Verbindungsstück zwischen den beiden Herren bildete. Xavier kannte den Mann, wusste aber gerade seinen Namen nicht. Er hatte bei Ausschreibungen von neuen Geräten schon mit ihm zu tun gehabt. Auch bei der Anschaffung des neuen Ultraschallgerätes war er involviert. Er hatte die Kriterien für das Gerät zusammenstellen müssen, war auch in der Kommission dabei gewesen, die Auswahl auf drei oder vier Firmen zu reduzieren. Joseph grüsste den Mann und dieser fragte gleich: «Wie geht es dir?»

Josephs Gesicht strahlte: «Es geht mir gut und dir?»

Xavier hatte nicht gewusst, dass sich die beiden kannten.

Der technische Mitarbeiter hielt weiterhin das Gerät mit beiden Händen fest und stand in der Mitte des Flurs. Seine Hände wanderten entlang der vorderen Schiene und tätschelten den Bildschirm: «Ja, alles bestens. Ich werde euch das Gerät drei Tage zum Testen dalassen.»

Während Joseph und der Techniker sich unterhielten, stand Xavier nur da und schaute zwischen ihnen hin und her. Sie grinsten über beide Ohren. Xavier fragte sich, was er eigentlich hier noch sollte. Er hatte das ganze Ausschreibungsverfahren für das neue Gerät in die Wege geleitet, aber er schien in dieser Konversation gar nicht zu existieren. Der Typ im grünen Sakko sprühte Funken: «Die Exkursion am Wochenende war super.»

Joseph schlug seinen Hemdkragen hoch und legte ihn dann sorgfältig wieder um: «Ja, das müssen wir unbedingt wieder machen.»

Xavier spürte wie Funken in Herzchenform hin und her flogen. Die beiden waren schwul und völlig ineinander verknallt. Er schaute sie an, ein hübsches Paar! Nur wusste er, dass Joseph seine Homosexualität mit allen Mitteln versteckte. Das war das erste Mal, dass er ungezwungen mit einem anderen Mann in Anwesenheit von jemandem sprach.

Der Techniker begann, das Gerät sanft in Richtung Ultraschallraum zu schieben. Xavier trat zur Seite, Joseph blieb auf gleicher Höhe stehen. Sein Gesicht strahlte und er meinte zu Xavier: «Geh schon vor zur Kantine, ich komme dann nach.»

Xavier ging zum Kiosk und kaufte sich ein Sandwich. Er würde allenfalls anschliessend einen Nachtisch oder ein Müsli essen. Er schaute kurz zur Röntgenanmeldung hoch, es stand niemand am Fenster. Mit seinem Sandwich in der Hand setzte er sich an einen Tisch. Er blickte in die andere Richtung und sah zum Verwaltungsgebäude hoch. Noch immer war da das rot-weisse Absperrband. Er sah auch, wie die zwei Polizisten aus dem Treppenhaus kamen.

André Berger und Jean-Luc Quendlin erkannten Xavier wieder und kamen auf ihn zu.

Jean-Luc versuchte, ihn in ein Gespräch zu verwickeln, ohne dass es wie ein Verhör wirkte. Ihm war dieser Xavier sehr sympathisch und André war schon weiter Richtung Ausgang gegangen: «Könnten wir uns nicht abends zu einem Gespräch treffen?»

Xavier antwortete willig: «Das können wir gerne machen. Ich bin gegen halb sieben hier fertig. Wie wäre es vor der Frite Vagabonde am Hafen?»

Jean-Luc hatte keine Ahnung, was herumirrende Pommes waren, aber den Hafen würde er schon finden: «Gut, so um sieben Uhr.»

Jean-Luc sehnte sich nach Geraldine. Sie könnten zusammen ein Bad im See nehmen. Geraldine war auch vor Ort in einem Hotel.

Xavier kaute weiter auf seinem Sandwich und sah dann, wie Dietger wieder in die Eingangshalle marschierte. Dieser winkte ihm nur kurz zu und passierte den Hauptausgang. Xavier selbst kehrte zurück in die Abteilung. An der Anmeldung traf er auf Jürgen Möller, der mit Annabelle turtelte. Annabelle sass an ihrem gewohnten Platz am Fenster zur Eingangshalle hin und Jürgen hatte gewagt, sich einen Hocker heranzuschieben. Als Chirurg hatte er eigentlich hinter der Theke zu bleiben. Nun, sie schienen sich um irgendwelche Anmeldungen zu kümmern.

Dietger beschloss, nach dem Bad noch in die Kantine zu gehen. Sein Telefon war ruhig geblieben, während er am See gewesen war. Er nahm den Lift und fuhr in den fünften Stock. Dort würde es schön ruhig sein, denn der grosse Ansturm fand immer zwischen zwölf und zwölf Uhr dreissig statt. Er studierte in aller Ruhe die verschiedenen Menüs und nahm sich ein Tablett. Auch nahm er sich Zeit, ein Getränk zu wählen, und bestellte sich dann das Vegimenü. Die Dame an der Kasse begrüsste ihn freundlich und wünschte ihm einen guten Appetit.

Mit dem Tablett in der Hand schaute er durch den Raum, um vielleicht ein bekanntes Gesicht zu sehen, aber er sah nur eine Gruppe mit Chirurgen sitzen, darunter Hervé Grossen. Auf den hatte er nun wirklich keine Lust. Er wusste, dass sein Chef gekündigt hatte, dass die Verwaltungsratspräsidentin umgebracht worden war und dass dem administrativen Direktor gekündigt worden war. Mehr Neuigkeiten wollte er definitiv nicht. Es wartete viel Arbeit unten auf ihn. Er setzte sich deshalb in die vorderste Reihe und begann, in einer dort auf dem Tisch liegenden Zeitung zu lesen. Es war die von gestern und so widmete er sich gleich dem Veranstaltungskalender. Das hiesige Theater hatte manchmal sehr schöne Vorstellungen, besser war jedoch der Konzertsaal im oberen Städtchen.

Dietger ass in aller Ruhe sein Risotto auf. In seiner Tasche steckte immer sein leise gestelltes Natel. Die Kantine war ausgezeichnet. Was wollte er mehr?

Grosser innerer Blutverlust: Der Nachweis gelingt nur bei einem Patienten bei einem kreislaufrelevanten Verlust. Mittels Computertomografie kann man die Blutungsquelle im Magendarmbereich ermitteln. Wenn Kontrastmittel eingesetzt werden, maskiert man die Blutungen und der Patient verblutet. Die Mortalität der gastrointestinalen Blutung liegt bei vier bis vierzehn Prozent.

Als Dietger ein leichtes Vibrieren an seinem Oberschenkel spürte, zog er sein Natel aus der Tasche. Er nahm trotz vollem Mund ab: «Ja, Dietger im fünften Stock.»

Es war die MRI-Technikerin: «Wir konnten einen Notfall vorziehen und bräuchten noch ein Protokoll.»

Dietger hatte seinen Bissen runtergeschluckt: «Kannst du mir die Anmeldung vorlesen?»

Er hörte nach kurzer Verzögerung: «Die Anmeldung kann ich nicht entziffern. Als Erstes steht, glaube ich, etwas von einem gastrointestinalen Irgendwas, dann kommen drei Worte, die ich nicht verstehe. Und dann steht da Nenene-Syndrom oder andere Erkrankung – Fragezeichen.»

Dietger versuchte es anders: «Welches Organ ist denn angemeldet?»

«Es ist ein Schädel. Und wir haben bis jetzt das vaskuläre Programm durchgemacht, wären bereit zur Kontrastmittelgabe.»

«Ja, dann ist ja alles klar.» Auf Dietger kam viel Arbeit hinzu, aber er musste zugeben, dass man mittels eines vaskulären Protokolls die meisten Fragen abdecken konnte.

Er stellte sein Tablett in die Schiene des Geschirrwagens und machte sich auf den Weg nach unten. Er schlüpfte am Wartezimmer vorbei direkt zum MRI und setzte sich an die Zweitkonsole, um sich die Bilder anzusehen. Die meisten waren verwackelt, aber die Techniker hatten ihr Bestes gegeben und alle Sequenzen mit kürzeren Parametern wiederholt.

Im CT ertönte plötzlich ein furchtbares Geschrei. Einer Patientin schien es nicht gut zu gehen. Dietger stand auf und wollte zu Hilfe eilen. Im Untersuchungsraum standen schon vier Leute. Der Assistenzarzt versuchte, mit der Patientin zu reden, die von den Technikern auf dem Tisch zurückgehalten wurde. Sie schrie weiterhin und deutete auf ihren sehr dicken Arm. Offensichtlich war es zu einer Kontrastmittelextravasation gekommen. Ein Techniker holte kalten Kompressen. Xavier schaute sich gedankenverloren die Bilder am CT an und schüttelte langsam den Kopf. Offensichtlich war die Diagnose fatal und das Problem, dass da nun hundert Milliliter in die Weichteile des Vorderarms gespritzt waren, nicht so schlimm. Seelenruhig ordnete Xavier an, eine neue Vene am anderen Arm zu punktieren und die Untersuchung richtig durchzuführen.

Der erste Techniker, der aus dem Raum kam, meinte: «Du hast vielleicht Nerven.»

«Nein, aber wenn sie nochmals kommen muss, wird es nicht einfacher und die Patientin sicher noch unzufriedener.»

Dietger merkte, dass er hier nichts tun konnte, und schlenderte zur Anmeldung. Annabelle sass am Fenster und sprach energisch in ihr Headset. Ab und zu verstellte sie die Lautstärke und tippte die Daten in den Computer ein. Dietger hatte immer noch Hunger oder besser gesagt, Lust auf etwas Süsses. Er näherte sich Annabelle beziehungsweise der Schublade, wo die Rezeptionistinnen ihre Süssigkeiten aufbewahrten. Annabelle schob sanft ihren Fuss vor die Schublade und telefonierte weiter. So einfach wollte sie es Dietger dann doch nicht machen. Zuerst musste dieser ein paar Formulare unterschreiben für Tageshospitalisationen. Sie hielt Diegter die entsprechenden Zettel unter die Nase.

****

André Berger und Jean-Luc Quendlin hatten einen Termin beim Gerichtsmediziner des Kantons. Dieser hatte ein Büro im pathologischen Institut, da er als Gerichtsmediziner nur wenig zu tun hatte und hauptamtlich als gewöhnlicher Pathologe arbeitete. Das pathologische Institut arbeitete auf Mandatsbasis für das öffentliche Krankenhaus, war aber eine private Firma.

****

Der Pathologe war ein hagerer Typ mit buschigen Augenbrauen. Er arbeitete mit sechs Frauen zusammen, was für dieses Fachgebiet doch eher ungewöhnlich war. Er erwartete die beiden Polizisten und hatte schon einen Kurzbericht geschrieben. Sie begrüssten sich, André Berger stellte Jean-Luc als Spezialisten für Krankenhauskriminalität aus dem Nachbarkanton vor, woraufhin der Pathologie sich erhob, ihn höflich grüsste und die linke Augenbraue hob.

«Sie sprechen Französisch?»

Bevor Jean-Luc sich eine Blösse geben konnte, antwortete André «Selbstverständlich!» und die Konversation ging auf Englisch weiter.

«Die Todeszeit ist ungefähr vorgestern Mitternacht. Die Todesursache ist Erdrosselung. Anschliessend wurde die Leiche von unten her verstümmelt. Die Strahlung dieser kleinen Strahlenquellen hat nicht zum Tod beigetragen.»

André und Jean-Luc bissen sich auf die Lippen, um nicht gleich «Wie bitte?» zu fragen.

Sie liessen den Pathologen reden. Nadine Huguenin-Morel war erdrosselt worden und anschliessend wurde ein Dammschnitt vorgenommen. Das Tropfen kam also durch Flüssigkeiten von innen. Die Strahlenquelle sollte Verwirrung stiften.

«Wieso können Sie das unterscheiden?»

Der Pathologe führte André und Jean-Luc zu seinem Mikroskop und liess sie hindurchblicken. Er erklärte ihnen die Unterschiede in den histologischen Schnitten. Er hatte die Schnitte schon gefärbt. Sie wirkten ästhetisch. Trotzdem kam Jean-Luc wieder der widerliche Gestank im Verwaltungsgebäude in den Sinn: «Wieso wurde die Leiche hingesetzt?»

André und Jean-Luc mussten dringend zurück zum Krankenhaus und sich den Raum und den Stuhl vornehmen, wo sie die Leiche gefunden hatten.

Jean-Luc konnte sich den Tötungsakt aber noch nicht wirklich vorstellen: «Wurde sie von hinten überrascht oder im Sitzen? Oder vielleicht auf dem Stuhl gefesselt?»

Der Pathologie meinte: «Möglich ist beides. Der Mageninhalt wurde untersucht, aber es wurden keine Tablettenresten gefunden. Trotzdem kann ich eine vorherige Vergiftung, die vor mehr als vier Stunden vor dem Eintreten des Todes stattgefunden hatte, nicht ausschliessen.»

«Das mit dem Zuerstfesseln glaube ich eher nicht. Sie wurde nachträglich auf den Stuhl gesetzt.»

Der Pathologe sagte noch: «Dammschnitte werden normalerweise von Gynäkologen bei schwierigen Geburten vollzogen.»

André und Jean-Luc bedankten sich beim Gerichtsarzt und verliessen das Gebäude, das sich am oberen Stadtrand befand. Sie fuhren ohne weitere Absprache zurück zum Tatort.

Um sieben Uhr musste Jean-Luc zurück sein, um sich mit Xavier zu treffen. Vorher wollte er unbedingt mit Geraldine sprechen. Trotzdem ging er kurz mit zum Krankenhaus zu dem Raum, wo sie die Leiche gefunden hatten. Der Stuhl war weg. Wahrscheinlich befand er sich bei den anderen Beweisstücken. Das würde bis morgen warten müssen.

La Frite Vagabonde, eine kleine Imbissbude am Hafen, war gut frequentiert. Xavier musste eine Weile anstehen, um sich ein Bier zu kaufen. Als er mit dem Bier in der Hand auf einer Bank zwischen den Zierkirschbäumen sass, kam Jean-Luc.

Jean-Luc wollte sich nicht mit falschen Federn schmücken und erzählte Xavier, dass seine Geraldine auch Radiologin sei, und gerade von einer Vertretung von La Réunion zurück sei.

Xavier erkundigte sich nach den politischen Verhältnissen im Nachbarkanton und erfuhr von den Schliessungsplänen einiger Kleinspitäler. Geraldine hatte Jean-Luc auch erklärt, dass die Radiologen nichts mit offenen Strahlenquellen zu tun hatten. Die Nuklearmediziner und die Strahlentherapeuten hatten eher Zugang zu solchen Bestrahlungsmöglichkeiten.

So fragte er Xavier: «Wer hat bei euch im Krankenhaus hat Zugang zu Strahlenquellen mit hohen Dosen?»

Xavier antwortete erwartungsgemäss: «Die Nuklearmediziner und die Strahlentherapeuten. Die arbeiten in unserem Schwesternkrankenhaus im oberen Kantonsteil. Doch auch die Gynäkologen spritzen manchmal radioaktive Substanzen, um spezielle Lymphknoten zu orten.»

Jean-Luc wollte noch ein paar Namen und fragte: «Wer kann sich einen Vorteil erhoffen, wenn man die Verwaltungsratspräsidentin ausschaltet?»

Xavier schlürfte an seinem Bier und sagte dann: «Das wüsste ich auch gerne. Komisch auch die Kumulation von Kündigungen.»

Für Jean-Luc hatte das Gespräch genau die Richtung genommen, die Geraldine ihm suggeriert hatte. Er blieb still, zumal er ja nicht einmal wusste, wer gekündigt hatte. Beide nahmen einen Schluck Bier und schauten auf den See hinaus. Es kamen gerade noch die letzten Segler zurück. Die Luft war lau und viele Leute sassen unten am Wasser. Auch die beiden Hafenkneipen waren gut besucht. Das Gelächter der Leute drang bis zu ihnen hoch und bildete ein sehr sommerliches Hintergrundgeräusch.

«Mein Chef hat gestern gekündigt. Er wurde von Ruth Amberg eingesetzt, wurde aber dann wohl relativ schnell wieder fallengelassen. Er hatte nur ein Jahr Oberarzt als Erfahrung mitgebracht und war wohl an der Last des Chefdaseins gescheitert.»

Xavier informierte weiter: «Der administrative Direktor hat das sinkende Schiff ebenfalls verlassen. Das wird morgen in der Zeitung stehen. Ruth Amberg dürfte die Hintergründe wissen.»

Xavier wusste, dass sein Chef eine doppelte Buchhaltung als Kontrolle angefangen hatte. Er hatte eine Übersicht erstellt und auf die grossen Gewinne hingewiesen, die bei ungefähr zwanzig Prozent lagen. Diese zwanzig Prozent erschienen aber nirgends in der offiziellen Bilanz des Krankenhauses, wo die Radiologie immer als defizitär dargestellt wurde. Deshalb waren die Lohnverhandlungen von Hassan immer gescheitert. Xavier wusste nicht, ob er das dem Polizisten sagen sollte. Ihm waren diese Lohnforderungen immer etwas grossspurig vorgekommen. Sie verdienten nicht schlecht. Er sagte nichts.

****

Dietger hatte allein Dienst. Er musste noch ein Abdomen-CT durchführen mit Verdacht auf eine Pathologie im linken Unterbauch. Er konnte die Anmeldung nicht vollständig entziffern und verordnete einen Kontrastmitteleinlauf. Dieser maskierte eine aktive Blutung in das Darminnere, da das Kontrastmittel alles verdeckte, auch das Blut.

Kapitel 11

ALS oder «arteriel spin labelling» ist eine Technik, die Durchblutung ohne Kontrastmittelinjektion zu untersuchen. Diese geniale Technik hat es nicht in die Praxis geschafft. Keine Pharmafirma, kein Krankenhaus, kein Arzt würde daran verdienen. Die Machtposition der Kontrastmittelverkäufer würde bröckeln.

Hervé Grossen und Martin Lambert standen im vierten Stock im Flur. Hervé Grossen, begnadeter Allgemeinchirurg, der auch eine solide Ausbildung in Traumatologie hatte, und Martin Lambert, ebenfalls Chirurg, Chefarzt. Sie hatten eine ganze Menge zusammen durchgemacht. Jahrelang waren sie Konkurrenten gewesen. Jetzt standen sie da und blickten sich an. Es war an der Zeit, offen miteinander zu reden.

Martin Lambert ergriff das Wort: «Was führt dazu, dass sich keine Direktion länger als drei bis vier Jahre halten kann?»

Hervé Grossen wusste es. Das Spital wurde de facto vom Chefarzt der Gynäkologie geführt. Hervé selbst war ein Macho mit Leib und Seele. Die

Frauen dienten als Handlangerinnen. Manchmal mussten Posten mit Frauen besetzt werden, wenn man von ihren Schwächen profitieren wollte. Insofern störte ihn die Leitung von Ludovic Debroise, dem Gynäkologen nicht, der den Frauen, vor allem Ruth Amberg, die Schrauben angesetzt hatte. Zugegebenermassen waren Nadine Huguenin-Morel, die ermordete Verwaltungsratspräsidentin, und Ruth Amberg, die medizinische Direktorin, intellektuell gesehen brillante Frauen. Aber zu ehrlich, zu harmoniebedürftig. Er antwortete schon nahezu im Beichtstil:

«Ludovic Debroise und seine drei Adlaten haben gestern mit der Kündigung gedroht, falls die Löhne plafoniert würden.»

Martin Lambert hatte von seinem Kollegen eher einen individuellen Vorstoss zu seiner eigenen Lohnsteigerung erwartet als eine ehrliche Antwort. Ganz neue Dimension: «Wer weiss von der Querfinanzierung der Radiologie an die Gynäkologen?»

Hervé war baff. Martin war schnell, sehr schnell. Hatte er den Zusammenhang vom Ableben von Nadine und dieser Querfinanzierung etwa begriffen? Jetzt hiess es, auf der Hut sein. Er machte einen Schritt zurück und überlegte eine Sekunde zu lang, bevor er antwortete:

«Es gibt einen Zusammenhang. Ludovic hat alle Macht. Er steht über dem Regierungsrat. Er verkörpert den administrativen Direktor und den Verwaltungsratspräsidenten. Er diktiert der Regierung sowie dem Spital, wo es lang geht.»

Es war ein bisschen komplizierter. Martin Lambert hatte ein uneheliches Kind mit einer der Kaderärztinnen der Gynäkologie. Ludovic war mit einer Politikerin aus dem oberen Bezirk verheiratet gewesen, jetzt geschieden.

Martin wippte mit einem Fuss und sagte: «Der plustert sich doch nur auf. In der Praxis könnte der keinen Monat überleben. Abgesehen davon würde der nur Abstriche machen.»

Hervé lehnte sich mittlerweile an die Wand. «Finanzielle Abstriche?»

Martin lachte: «Gebärmutterhalsabstriche.»

Hervé dachte sich also, dass Martin wahrscheinlich doch nicht alles wusste. Ludovic und er hatten lange verhandelt. Er hatte einen sechsstelligen Betrag verlangt für sein Schweigen und ihn noch nicht bekommen. Eigentlich brauchte er das Geld nicht. Die Kaderärztin der Gynäkologie war und blieb seine Tochter. Sie hatte mit dem angegrauten Herrn, der vor ihm stand, geschlafen und sein Enkelkind gezeugt. Angewidert von diesen Gedanken löste er sich von der Wand und meinte:

«Sie ist verstrahlt worden.»

Martin schaute ihn an: «Wer? Nadine Huguenin-Morel? – Woher weisst du das?»

Hervé wusste es, weil er mit Ruth Amberg geredet hatte und diese am Tatort eine Bleikiste unter dem Stuhl der Huguenin gesehen hatte. Offiziell war die Todesursache nicht bekannt gemacht worden. Es waren nicht mal die üblichen internen Mails verschickt worden von der vorwitzigen Direktionssekretärin.

«Von Ruth Amberg.»

«So, und die weiss es von – lass mich raten – von ihrem lieben Knecht Hassan Jourdani oder von ihrem Schützling Jooooseeph?» Er wusste von dem schwulen Radiologen und seiner engen Bindung zu seiner Beschützerin, der lesbischen Direktorin. Hassan hatte gekündigt in dem ganzen Schlamassel.

«Hm. Geht das überhaupt? Ich dachte, dass man mit medizinischen Strahlenquellen niemanden umbringen kann.»

Das Gespräch kam nicht mehr in Gang. Beide wussten viel, aber beide wussten nicht alles und wussten auch nicht, was der andere wusste. Für Martin war der Chefarzt der Gynäkologie zu weit gegangen mit seinen Lohnforderungen. Er konnte diesen aufgeblasenen Gockel mit seinem Ziegenbärtchen nicht leiden. Im Operationssaal war er ein Rosinenpicker. Politisch gut vernetzt, aber würde er einen Mord begehen? Hervé war es im Grunde egal. Er würde demnächst pensioniert und hatte sich aus dem Hickhack der Operationssäle schon zurückgezogen.

Hervé wusste also mehr, aber Martin wollte gar nicht mehr so genau wissen, was. Beide mussten sich jetzt um ihre Patienten kümmern. Sie teilten die Visiten auf und verabschiedeten sich.

****

Drei Etagen weiter unten war die radiologische Abteilung. Sie hatte zwei Eingänge, diese waren frequentiert wie Eingänge zu einem Bienenhaus. Die linke Tür diente dem Personal und den ambulanten Patienten zum Eintreten. Gleich dahinter befand sich die Rezeption. Durch die andere Tür schoben die Transporteure die Betten und Rollstühle der hospitalisierten Patienten. Von zwei Rezeptionistinnen sollten zwei- bis dreihundert Patienten pro Tag angenommen werden. Von fünf Ärzten sollten die Untersuchungen täglich beurteilt werden. Eine Computertomografie hatte durchschnittlich zwischen zwei- bis dreitausend Bilder. Zwanzig Patienten kamen angemeldet zum CT täglich. Nochmals so viele kamen unangemeldet als Notfälle entweder dazwischen tagsüber oder in der Nacht. Dietger war sich ziemlich sicher, dass in den ominösen Kartonschachteln Anmeldungen verschwanden, ohne dass sie ins System eingegeben wurden. Er hatte gestern einen Anruf bekommen für ein notfallmässiges MRI. Er war vage geblieben, denn eigentliche Notfallplätze gab es nicht. Er konnte auch keine Termine dazu zaubern. Er hatte nicht notiert, wie der Patient geheissen hatte.

Jetzt sass er wieder mal vor seiner Befundungskonsole und versuchte, eine Prioritätenliste zu erstellen. Welche Untersuchungen konnten warten, welche musste er mit Kurzberichten versehen. Eine Technikerin öffnete die Tür und kündigte ein Polytrauma an. Dietger hasste diese sogenannten «code rouge». Die CTs waren fast nicht interpretierbar. Es gab einen Schädel nativ, der noch einigermassen akzeptabel war und anschliessend ein stark von den Elektroden artefaktiertes Angio vom Willis bis zur Iliakalbifurkation. Die Scharniere der Paddeltrage zusammen mit den Schultern waren derart dicht, dass die automatische Dosismessung von Schnitt zu Schnitt überfordert war. Er kam in den Raum und sah die Notfalldoktoren um den Patienten wuseln.

Er trat näher und fragte: «Was ist mit dem passiert?»

«Er wurde ohnmächtig am Hafen aufgefunden, keine offensichtlichen Wunden.»

Dietger atmete tief ein und roch die Alkoholfahne des Patienten. Er nahm allen Mut zusammen und bat die Sanitäter die Schaufelbahre zu entfernen. Er wusste, dass er im Sinne des Patienten handelte; es war aufwendig. Noch aufwendiger wurde es, wenn die Untersuchung morgen wiederholt werden müsste.

Widerwillig taten die Sanitäter, wie ihnen geheissen wurde. Als Nächstes musste sich Dietger mit den Krankenschwestern rumschlagen. Die EKG-Kabel mussten so gelegt werden, dass sie nicht im Untersuchungsbereich lagen. Ebenfalls sehr mühsam.

Eine Technikerin klickte wild auf der Untersuchungskonsole herum. Sie schien etwas nicht zu finden. Schliesslich fragte sie ihre Kollegin: «Ist das blöde Baltimoreprogramm unter den vaskulären oder unter den Ganzkörperuntersuchungen?»

Patrizia stand neben dem Untersuchungstisch und hatte sich gerade über die Pingeligkeit von Dietger genervt: «Sie haben kein EKG mehr, seit Dietger von dem Sanitäter verlangt hat, dass man die Kabel umbetten müsse.»

Die MTRA am Schaltpult schnellte mit ihrem Sitz Richtung Tür: «Hast du meine Frage nicht gehört?»

Patrizia, wie immer in viel zu grossen OP-Kleidern, antwortete: «Was nein, du willst einen Einlauf? Ich dachte, es gibt das Baltimoreprogramm mit einem nativen Schädel.»

«Schon. Nein, keinen Einlauf. Baltimore. Wo war das noch mal zu finden?»

«Im Ganzkörperding, ganz unten.»

Patrizia kannte die Sanitäter und die Notfallschwestern gut, zumindest die, die rauchten. Sie trafen sich auch in den Nachtdiensten. Sie war sich der Wirkung ihres Aussehens bewusst, echt cool. Dazu die schwarzen aufgesteckten Haare und die knallroten Lippen. Sie liess es sich nicht nehmen, ihrer Kollegin vor allen anderen zu zeigen, wie man zu dem gewünschten Topogramm kam. Patrizia zeigte ihr über die Schulter, wie sie die Einstellungen fand, und klickte dann noch das entsprechende Programm der Kontrastmittelpumpe an. Ihre hochgesteckten Haare lösten sich dabei und fielen locker vorn über ihre Schultern. Mit einer leichten Schwungbewegung brachte sie sie nach hinten. Eigentlich hätte sie den Schlauch mit der Infusion des Patienten verbinden sollen, was sie jedoch vergass. Die andere MTRA hatte mittlerweile die Topogramme und den Schädel nativ gefahren. Sie schauten sich beide nach

Dietger um, der aber verschwunden war. Sie beugten sich fast gemeinsam über das Funkgerät und riefen nach Dietger.

«Der Schädel nativ ist gefahren.»

Dietger hörte nur das Knacken aus dem Funkgerät. Verstehen tat man nie was. Er schaute hoch und erblickte die Rohdaten des Schädels. Jetzt würden nochmals drei Minuten vergehen, bis interpretierbare Bilder da waren.

«Ich komme.»

Er setzte sich auf den freien Hocker und begriff, dass gar nichts passierte. Nach einigen Sekunden begann das Programm den Schädel zu rekonstruieren. Er starrte auf die Bedienungskonsole. Die MTRA war im Begriff das Kopf-Hals-Thorax-Bauch-Angio zu fahren. Es war nirgends Kontrastmittel zu sehen. Er stand auf, überragte somit alle und blickte durch die Scheibe. Irgendwo musste eine Pfütze entstehen, innerhalb oder ausserhalb des Patienten. Er sah, wie der Schlauch noch leicht flatterte und neben dem Tisch seine klebrige Flüssigkeit auf den Boden gespritzt hatte. Jetzt hiess es, höflich zu bleiben.

Er atmete tief ein und sagte: «Keine Blutung im Gehirn und wunderbare native Schichten. Bitte nochmals im Angiomodus.» Er verzog sich diskret nach hinten. Er wusste, dass es Techniker hassten, den Boden aufzuziehen. Kontrastmittel war immer noch besser als eine Körperflüssigkeit. Trotzdem musste er sich jetzt mit zwei übellaunigen Damen den Rest des Tages um die Ohren schlagen.

Xavier sass an der MR Befundungskonsole und versuchte, sich zu konzentrieren. Es klappte nicht. Er hatte einen Chef, der gekündigte hatte. Er hatte einen administrativen Direktor, dem wahrscheinlich gekündigt worden war, und es gab eine tote Verwaltungsratspräsidentin. Zumindest ansatzweise wollte er verstehen, was passiert war. Mit seinem Chef direkt reden? Oder mit Ruth Amberg? Es hatte Zeiten gegeben, in denen sie sich beruflich relativ gut verstanden hatten. Ruth Amberg hatte organisatorisches Talent. Jetzt war sie medizinische Direktorin. Er rief sie an: «Hallo, kann ich dich kurz sprechen?»

«Nein, ich bin in einer Sitzung. Ich rufe dich an, sobald sie fertig ist.»

Xavier nahm wieder sein Diktafon zur Hand und gab sein Passwort ein, um den Bildschirmschoner loszuwerden. Er konfigurierte das System so, dass alle Untersuchungen, die er diktieren sollte, erschienen. Vierzig konventionelle

Bilder und zehn MRIs. Er legte los. Er holte tief Luft und sagte seinen Namen und den des Patienten. Auch die Indikation kriegte er noch hin. Dann schweiften seine Gedanken ab.

Xavier wusste, dass Francesco Devillo, der Chefarzt der Medizin, etwas im Schilde führte. Er hatte sich vor ein paar Tagen mit Hassan getroffen und sie schienen beide zufrieden aus seinem Büro gekommen zu sein. Aber Hassan hatte gekündigt. Xavier überlegte, ob er sich vor oder nachher entschlossen hatte zu kündigen. Mit dem Tod von Nadine Huguenin-Morel, der Verwaltungsratspräsidentin, hatte er wahrscheinlich nichts zu tun. Hassans Betroffenheit, als sie vor der Leiche von Nadine Huguenin-Morel standen, schien echt gewesen zu sein.

Das Interfon knackte.

Xavier ging in den MRI Schaltraum. «Ja?»

Unmittelbar danach hörte er ein lautes Geschrei vom CT her. Er machte rechtsumkehrt und eilte mit Dietger zusammen ins CT. Dort lag ein Patient ruhig auf dem Tisch. Dietgers und Xaviers Augen schauten gleichzeitig auf den Bildschirm.

Die Technikerinnen schauten ebenfalls beide auf den Bildschirm.

Xavier erkannte den Ernst der Situation. Der Kontrastmitteleinlauf war in der Bauchhöhle.

Dietger schlug sich mit der Hand auf die Stirn und setzte sich auf einen der freien Hocker.

«Ich hatte keinen Kontrastmitteleinlauf protokolliert.»

Patrizia sagte schnippisch: «Ja, aber vorhin hat der zuständige Chirurg angerufen, dass wir die Untersuchung unbedingt mit rektalem Kontrastmittel fahren sollten.»

Dietger fragte vorsichtig: «Hat er vielleicht gesagt, dass er eine Anastomosen-Insuffizienz vermute und die Rektalsonde selber legen wolle?»

Patrizias Lippenstift war arg verschmiert und das Mascara lief etwas über die Wangen: «Ja, das wollte er, aber wir haben ihn vor einer halben Stunde angerufen und er war noch am Operieren.»

Dietger atmete tief ein und aus. Techniker hatten keine Verantwortung für Untersuchungen, die lagen beim Radiologen. Hier war aber die Situation doch sehr kompliziert. Patrizia hatte eindeutig ihre Kompetenzen überschritten. Wenn er keinen Kontrastmitteleinlauf verordnet hatte, durfte sie auch keinen machen. Manchmal hatte dieses System mit den schriftlichen Verordnungen etwas für sich. Andererseits war Patrizia die Tochter von Martin Lambert, dem Chefarzt der Chirurgie. Dieser würde sich hüten, sie zur Verantwortung zu ziehen.

Dietger und Xavier schauten sich an. Einer von beiden würde eine Abszessdrainage legen müssen. Dietger sagte ganz klar: «Ohne mich. Lambert soll ihn nochmals operieren.»

Xavier wollte sich eigentlich nicht einmischen, aber für den Patienten konnte eine zweite Operation schlecht ausgehen. Das Kontrastmittel musste abgeleitet werden. Damit war natürlich die Anastomose auch noch nicht dicht. Sein Telefon klingelte, es war Ruth Amberg. Er nahm das Gespräch an, verliess schnell den Schaltraum.

«Können wir kurz, aber in Ruhe miteinander sprechen?»

Ruth Amberg wusste, dass fast überall gelauscht wurde: «Wir treffen uns an der Notfallrampe, ich gehe vorne rum.»

Xavier verliess also die Notfallstation, die ebenfalls im ersten Stock lag, und wandte sich der Notfallrampe zu. Sie trafen fast gleichzeitig ein.

Xavier gab Ruth drei Küsschen. Ruth schürzte ihre Lippen und zog eine Zigarette aus ihrer Handtasche. Xavier nahm ausnahmsweise auch eine.

Über Ruths Schreibtisch gingen sämtliche Anstellungsverträge. Es war ihr Job, die Unterlagen beziehungsweise die Diplome zu prüfen, bevor neue Ärzte eingestellt wurden.

«Sie kommt aus Genf, ist Französin und wird die neue Chefärztin in der Radiologie. Sie ist dreissig Jahre alt und bringt ein Jahr Oberarzterfahrung mit. Sie ist der neue Schützling von Francesco Devillo. Hassan geht.»

Xavier fragte direkt: «Wer ist das Huhn, wer ist das Ei? Geht Hassan, weil sie kommt, oder kommt sie, weil er geht?»

Ruth Amberg zog einmal kräftig an ihrer Zigarette und sagte: «Sie kommt, weil ihr Mann Chefarzt der Orthopädie wird. Die Viszeral-Chirurgen und die Orthopäden werden sich trennen. Deshalb müssen mindestens drei neue Chefarztgehälter finanziert werden. Hassan hat seine Finger in Sachen gesteckt, die tabu waren. Wir brauchen noch mindestens eine Million, damit dieser Deal vollzogen werden kann.

Xavier war knapp fünfzig und stellte sich gerade vor, unter einer dreissigjährigen Französin zu arbeiten, die von der Direktion, vom Chefarzt der Medizin und indirekt auch von den Chirurgen gefördert wurde: «Wann?»

Ruth liess sich ein wenig Zeit und meinte: «In sechs bis neun Monaten sollte das über die Bühne sein. Ich werde das Schiff auch verlassen.»

Xavier riss die Augen auf: «Wieso? Sinkt das Schiff?»

Ruth: «Nein, es wird nicht sinken. Aber ich will in den Nachbarkanton. Meine Familie ist dort; ich werde wegziehen.»

Xavier nickte leicht. Er hatte seine Zigarette längst fertig geraucht. Die Sonne schien schräg über das Gebäude gegenüber und tauchte alles in ein schönes Licht. Diese Abenddämmerung liess den Parkplatz, die Garage, das Stadion und auch den See sehr lieblich erscheinen. Er hielt seinen Kittel mit einem Finger über die Schulter und schaltete sein Telefon aus.

Ruth: «Du solltest auch kündigen. Es wird schwierig werden. Die Untersuchungszahlen werden pro Arzt um mindestens zwanzig Prozent gesteigert werden müssen, sonst funktioniert der Deal nicht mehr. So, mehr kann ich dir beim besten Willen nicht sagen. Alles Gesagte bleibt unter uns.»

Xavier nahm seinen Kittel mit und ging direkt zu seinem Auto. Sie hatten sich getrennt, im Vertrauen, das war ihm wichtig gewesen. Aber trotzdem war er sehr enttäuscht. Er hatte von Ruth Amberg mehr Rückgrat erwartet.

Ruth Amberg war bereits in Zivil und marschierte über die Rampe der Notfallstation zur Strasse und dann in Richtung Stadt. Sie musste auch einiges verdauen. Ihr eigener Abgang war ihr selbst ein bisschen zu plötzlich gekommen, aber sie brauchte aus finanziellen Gründen schon lange nicht mehr zu arbeiten. Ein geheimes Abkommen mit dem Inselspital garantierte ihre Rente bis auf zehn Jahre hinaus. Die Kündigungen in der Radiologie würden das Dienstarztsystem zum Erliegen bringen. Die Dienste konnten problemlos vom Universitätskrankenhaus im Nachbarkanton bewältigt werden. Von jeder telemedizinischen Untersuchung würden dreissig Prozent auf ihr Konto fliessen. Die Sache mit Francesco Devillo war ihr über den Kopf gewachsen. Devillo steckte seine Nase in zu viele Sachen. Er war gut vernetzt, stand aber offensichtlich in der Schuld der Gynäkologen, was Ruth Amberg wusste.

Sie hatte geboten, was sie konnte: den Posten von Hassan, damit Devillo Platz hatte für die Ehefrau vom Orthopäden. Devillo steckte mit Ludovic Debroise, dem Chefarzt der Gynäkologie, irgendwie unter einer Decke. Ruth war gezwungen gewesen, diese junge Französin einzustellen. Devillo hatte sie gezwungen, andernfalls würde er verraten, dass sie lesbisch sei.

Ruth marschierte dem Park entlang und überlegte. Diese zwanzig Prozent Subventionierung zwischen Radiologie und Gynäkologie beziehungsweise Chirurgie nutzten Francesco Devillo nichts. Wieso musste er Hassan loswerden? Nur weil er den Geldfluss durch seine doppelte Buchhaltung rausgekriegt hatte? Wahrscheinlich. Aber Nadine, wieso hatte sie beseitigt werden müssen? Hatte sie das etwa auch gemerkt? Ruths Fragen blieben unbeantwortet. Inzwischen war sie beim Funiculaire angelangt, das sie von der Stadtmitte zu ihrer Wohnung am oberen Stadtrand bringen würde. Im gleichen Haus, in der Wohnung nebenan, wohnte der neue Orthopäde mit seiner Französin. Ruth fühlte sich nicht wohl, sie hatte Hassan ans Messer geliefert. Xavier und auch Joseph würde sie versuchen zu retten.

Jean-Lucs Ermittlungen waren noch ganz am Anfang. Er brauchte einen Insider, um die Zusammenhänge zu verstehen. Xavier war bedroht worden, also wusste er wahrscheinlich einiges, aber was sich in der Chefarztetage abspielte, war ihm unklar. Morgen würde er nochmals mit Ruth Amberg sprechen, aber wahrscheinlich würde ihn das nicht weiterbringen. Die Informatiker untersuchten die Computer der Direktion. Jean-Luc erhoffte sich viel davon. Die Buchhaltung konnte gefälscht werden. Wie und in welche neuen Kanäle das

Geld dann floss, war weniger wichtig, als wer hier die Buchhaltung manipulierte.

Kapitel 12

Eine medizinische Strahlentherapie kann verschiedene Formen haben. Manchmal wird eine radioaktive Substanz aus kleinen Röhrchen genommen und in die Blutbahn gespritzt. Auch radioaktive Stäbe kommen zum Einsatz. Diese werden vorher in Bleibehältern geschützt aufbewahrt. Übelkeit, Erbrechen oder Durchfall können Nebenwirkungen bei einer Bestrahlung sein. Bei einer Hirnbestrahlung kann es zum Haarverlust kommen. Aber diese Symptome sind meist nur vorübergehend. Die Dosen kommen längst nicht an die für einen Strahlentod verantwortlichen heran. Die Behälter, in denen radioaktives Material aufbewahrt wird, tragen ein dreieckiges Warnschild: ein schwarzes Rad auf gelbem Hintergrund.

Ruth Amberg war früh ins Krankenhaus gekommen und räumte ihr Büro auf. Ihre Kündigung hatte zwar noch nicht die Runde gemacht, aber als Direktorin würde sie vielleicht suspendiert werden. Sie vernichtete eine Anzahl Akten im Schredder. Sorgfältig leerte sie den Behälter des Schredders und nahm die Papierfetzchen mit in ihrem kleinen Rucksack. Diese zu entsorgen, sollte noch vor ihrer Befragung durch die Polizei erfolgen. Sie ging kurz in das nahe gelegene Einkaufszentrum und warf ihre Tüte in den Klomülleiner. Zurück in ihrem Büro liess sie die Tür offen. Das machte einen guten Eindruck. Sie hatte nichts zu verbergen.

Anschliessend wurde sie in ihrem eigenen Büro verhört.

«Guten Morgen, Frau Amberg, dürfen wir reinkommen?», kündigten sich Jean-Luc Quendlin und sein welscher Kollege, André Berger von der lokalen Polizei, an.

Als sie sich gesetzt hatten, stellte Jean-Luc gleich eine sehr direkte Frage: «Was glauben Sie, Frau Direktorin, wer hat Frau Huguenin-Morel umgebracht?»

Ruth Amberg wusste es nicht, so konnte sie offen und ehrlich antworten: «Ich weiss es nicht und ich kann mir auch niemanden in meinem direkten Umfeld vorstellen, der dazu fähig wäre.»

«Wem könnte der Tod der Verwaltungsratspräsidentin etwas nutzen?»

Auch dafür hatte Ruth Amberg keine plausible Erklärung: «Der Verwaltungsrat besteht aus externen Mitgliedern, die nichts direkt mit dem Alltag des Krankenhauses zu tun haben. Ich sehe kein Motiv für Mitglieder, sich gegenseitig umzubringen. Karrieretechnisch gesehen, stehen die sehr weit oben und finanzielle Gründe kann ich mir nicht vorstellen.»

«Frau Huguenin-Morel war eine attraktive Frau. Gab es jemanden, der ihr den Hof machte?»

Ruth Amberg hatte Nadine Huguenin-Morel nicht anziehend gefunden. Sie stand zwar auf Frauen, aber nicht auf diese Sorte. Natürlich war die Frage nicht so gemeint: «Ich habe da keinen Einblick. Unsere Chefärzte scheinen alle unter der Haube zu sein.»

«Könnten Sie mich bitte mit den Herren bekannt machen.»

Ruth Amberg zog eine Augenbraue hoch, warf ihren langen roten, halb aufgelösten Zopf über die Schulter und zögerte: «Wie soll das ablaufen?»

Jean-Luc wollte alle Chefärzte sehen. Am liebsten, ohne dass sie ihn sahen, was aber schwierig sein würde.

«Die Herren Doktoren Hassan Jourdani und Xavier Berthier haben wir schon kennengelernt. Interessiert wäre ich vor allem an den Chefärzten der Inneren Medizin, der Gynäkologie und der Chirurgie.»

Ruth Amberg würde heute Abend eine Vortragsreihe eröffnen. Das waren Vorträge von Ärzten auf einem Niveau, das für Assistenten oder auch für interessierte Laien geeignet war. Ludovic Debroise, der Chefarzt der Gynäkologie, würde heute Abend reden. Normalerweise musste der administrative Direktor ein paar einleitende Worte sagen. Aber da es diesen zurzeit nicht gab, musste sie es wohl oder übel machen.

«Kommen sie heute Abend um achtzehn Uhr in die Aula. Da können sie Ludovic Debroise, den Chefarzt der Gynäkologie, live erleben. Vielleicht

111

kommen die anderen auch, ansonsten schaue ich mit den Abteilungssekretariaten für Termine. Die Herren sind viel beschäftigt.» Sie drückte Jean-Luc eine Broschüre in die Hand, die sämtliche Vorträge für die Öffentlichkeit auflistete, jeweils einmal im Monat am Donnerstagabend.

Jean-Luc und André Berger verabschiedeten sich von Ruth Amberg. Sie lächelte etwas schräg, warf ihre roten Haare über die Schulter und zog die Bürotür zu. Die Polizisten marschierten zum Kiosk in der Eingangshalle und bestellten sich einen Kaffee im Pappbecher. Sie setzten sich an einen Tisch im mittleren Bereich und bliesen sanft in ihre Becher. Jean-Luc schaute nach rechts oben. Dort befand sich das Sekretariat der Radiologie. Dann schaute er nach links oben, dort waren die Sitzungszimmer der Direktion und auch die Büros der Verwaltung.

Heute Nachmittag hatten sie einen Termin mit dem Polizeiinformatiker und würden über die Resultate seiner Untersuchungen informiert.

Rechts oben stand Annabelle und schaute auf die Polizisten hinab. Die anderen Rezeptionistinnen nahmen Anmeldungen entgegen. Xavier stand daneben und musste die CT-Drainage von dem Patienten in die Agenda aufnehmen, der gestern seinen Einlauf in die Bauchhöhle erhalten hatte. Lambert und Hervé waren noch am selben Abend bei Dietger erschienen und hatten verlangt, dass er diese Drainage legen müsse. Sie hatten nicht viel Aufsehen erregen wollen, denn Martin Lambert wusste als langjähriger Chirurg und Vater von Patrizia, dass es schlecht enden würde, falls sie mit Hilfe des Patienten einen Prozess anstreben würden. So oder so mussten sie jetzt die Peritonitis behandeln. Er wusste auch, dass die Anastomose schon vorher leck gewesen war. Daran hatte der Einlauf nichts geändert. Das CRP und die anderen Entzündungsparameter waren seit Tagen hoch. Die Staplernaht war extrem knapp gewesen. Es hatte schon beim Zunähen geblubbert. Im Grunde hätten sie den Anus verschliessen müssen. Das Reststück war zu knapp gewesen, aber sie hatten dem Patienten die direkte Kontinuität erhalten wollen. Der Fehler lag weder bei der Röntgentechnikerin noch beim Radiologen. Lambert hatte die Diagnose forciert und wollte einen konservativen Behandlungsversuch. Die Abszessdrainage musste schnell über die Bühne.

Xavier liess sich das CT-Programm aufschlagen und platzierte sich die Drainage über Mittag. Er würde aus der Peripherie zurück sein.

Jürgen Möller hatte auf der anderen Seite des kleinen Fensterchens der Anmeldung brav gewartet. Er hatte nur den Auftrag von Lambert und Grossen bekommen, Druck zu machen. Natürlich bemühten sich die Herren Chefärzte nicht selbst nach unten.

Dietger brütete über einem CT und schweifte in Gedanken wieder mal zu seinem Hobby ab. Er hatte sich für einen Opernbesuch in Mailand entschieden. Er scrollte zum x-ten Mal über seinen Lungenrundherd, bevor er das Diktafon anstellte und den Befund runterratterte. Es knackte im Interfon, aber er reagierte nicht. Es war bald Zeit, dass der Dienstarzt übernahm. Heute Abend war noch die Veranstaltung «Sehen und gesehen werden», wie er heimlich die Donnerstagabendvorträge getauft hatte. Immerhin gab es einen reichhaltigen Apéro, das heisst, er konnte dort gratis essen. Bis dahin waren es aber noch anderthalb Stunden. Gemütlich packte er seinen kleinen blauen Rucksack und liess seinen Kittel über der Heizung. Am Kiosk bestellte er einen Kaffee. Er blickte hoch, Annabelle sass oben am Fenster und beobachtete ihn, oder doch nicht? Auf jeden Fall schaute sie in die Eingangshalle. Er versuchte ihrem Blick zu folgen, obwohl sie zu weit weg war, als dass er ihre Augen hätte sehen können. Doch schien sie nicht ihn anzusehen. Er schaute sich um: Da gingen Ludovic Debroise, der Chefarzt der Gynäkologie, und Francesco Devillo, der Chefarzt der Inneren Medizin, durch die Halle. Dietger konnte nicht verstehen, vorüber sie sich unterhielten, aber sie schienen sehr ins Gespräch vertieft. Insgeheim hatte er den cholerischen Chefarzt der Gynäkologie mit dem kleinen Bärtchen und seinem Machogehabe Geissbock getauft. Den intrigierenden Devillo nannte er für sich den «Berner Teufel». Der Geissbock und der Teufel schienen sich gut zu verstehen …

Jean-Luc durchquerte ebenfalls die Eingangshalle, allerdings in die andere Richtung. Er wartete nicht vor den Liften. Er schaute nach rechts in die Raucherecke und wunderte sich über die vielen rauchenden Pfleger und Ärzte. Er zog an der schweren Glastür und betrat einen kleinen Flur, von dem aus man ins Treppenhaus oder ins Labor gehen konnte. Er öffnete die Tür zum Labor und blickte durch die Gänge. Dort war alles ruhig. Er zog auch an der anderen Tür und befand sich in einem breiten Korridor mit Post und Apotheke. Auch da war niemand zu sehen. Er ging durch den Flur und trat durch einen langen Korridor in eine unterirdische Zivilschutzanlage. Er dreht sich um und kam wieder zum Treppenhaus. Im ersten Stock bog er nach rechts und gelangte zu einer Tür mit der Aufschrift «Operationssaal». Er hätte einen Batch gebraucht, um ihn zu betreten. Als eine Person aus der linksseitigen Schiebetür kam, nutzte er die offene Tür und landete in der Herrengarderobe. Er schaute sich die verschiedensten Grössen der OP-Gewänder an, ebenfalls das Regal mit den Plastikcrocs, die meisten in Grün. Er überlegte, sich umzuziehen und einen Blick in den Operationssaal zu werfen, aber es würde ihn wahrscheinlich nicht weiterbringen. Interessant fand er jedoch, dass er so weit gekommen war, ohne sich zu identifizieren. Wieder draussen nahm er einen Bettenlift und fuhr in den vierten Stock. Offensichtlich war er jetzt in der Bettenstation, eingeteilt in vier Bereiche, in vier verschiedenen Farben gestrichen, jeweils mit einem aquariumähnlichen Schwesternbüro. Langsam ging er den Gang nach hinten und kam an verschiedenen Laptops vorbei, die auf hohen Stehpulten lagen, davor weit offene Türen zu den Patientenzimmern. Sollte er sich da mehr umschauen? Würde wahrscheinlich auch nicht viel bringen. Langsam kehrte er wieder zurück und fand anschliessend relativ problemlos die Aula. Im Vorraum baute eine Küchenangestellte ein Buffet auf. Er trat in den Saal mit treppenartiger Bestuhlung und setze sich in die Mitte. Der Saal war schon mit circa zehn Leuten gefüllt. Es konnten mindestens zweihundert Personen Platz nehmen. Er war nur fünf Minuten zu früh.

Unten schloss ein Techniker den Laptop des Referenten an den Beamer an. Schon kurze Zeit später erschien auf der grossen Leinwand der Bildschirm des Laptops. Auf der langweiligen blauen Microsoftlandschaft sah man die üblichen Kürzel für die Microsoftprogramme wie Word, Excel und Powerpoint. Daneben lagerten verschiedenste PDF-Dateien, weisse Ordner mit roter Beschriftung, von denen man allerdings den Namen nicht entziffern konnte. In der linken unteren Ecke war ein kleines gelbes Dreieck zu sehen, in dessen Mitte sich eine schwarze Blume mit drei Blütenblättern befand. Jean-Luc kannte dieses Zeichen von seiner Ausbildung her, es bedeutete Radioaktivität. Was hatte dieses Zeichen auf dem Laptop eines Gynäkologen zu suchen? Ludovic Debroises Computer sollte auch von der Informatikabteilung untersucht werden. Er müsste das morgen beantragen. Jean-Luc war so in Gedanken versunken, dass er gar nicht mitbekommen hatte, dass der Vortrag angefangen hatte. Ruth Amberg hatte eine sehr kurze Einleitung gegeben. Sie hatte lediglich den Titel des Vortrages genannt und den Namen des Referenten. Jean-Luc schaute sich verlegen im Saal um. Es waren nicht wesentlich mehr Leute erschienen und die Hälfte trug noch einen weissen Kittel und schien verpflichtet zu sein teilzunehmen. Ruth Amberg selber war aus dem Saal entschwunden. Hingegen entdeckte Jean-Luc Xavier, begleitet von einem Kollegen, den er auch einmal kurz in der Halle mit ihm gesehen hatte.

Am nächsten Morgen kam Hassan zu Xavier und sagte zu ihm: «Könnten wir zusammen hochfahren? Ich möchte mich mit dem Cheftechniker und dem Radiologen treffen. Ich weiss, dass du eigentlich in der Peripherie erwartet wirst und mittags hier eine Drainage legen sollst. Dann sind wir zurück. Die Peripherie muss Annabelle absagen. Es sind nur drei Patienten.»

Xavier schaute Hassan an: «Es scheint wichtig zu sein.»

Hassan bejahte das: «Wir nehmen mein Auto. Wir treffen uns in ein paar Minuten vor dem Eingang des Parkhauses.»

Zurück in seinem Büro zog Xavier seinen Kittel aus und schnappte sich seine Banane, so nannte er seinen Bauchgurt mit Portemonnaie, Ausweisen und Schlüsseln. Er verliess die Abteilung, indem er an der Rezeption vorbeiging. Annabelle winkte ihn zu sich: «Wieso muss ich alle Patienten da hinten absagen? Geht es dir nicht gut?»

Xavier wusste nicht, was antworten, blieb also bei der Wahrheit: «Befehl vom Chef. Sag, dass es ein technisches Problem gibt und sie gerne heute Nachmittag hier im Hauptgebäude untersucht werden könnten.»

Annabelle seufzte. Um dem ersten Patienten abzusagen, hatte sie gerade noch dreissig Minuten Zeit. Xavier war auf dem Sprung, blieb aber kurz neben ihr stehen und fragte sie: «Ist dir in letzter Zeit mit Hassan etwas aufgefallen?»

Annabelle öffnete ein E-Mail. Es war von der Koordinatorin, aber es war weitergeleitet von Hassan und wenn man noch weiter nach unten scrollte, erschien ein E-Mail mit einem Cc an Francesco Devillo. Der Inhalt besagte wenig und der Anhang schien gelöscht worden zu sein: «Komisch?»

Xavier bedankte sich für ihr Vertrauen und sagte: «Ich muss jetzt los. Ich komme für die Drainage wieder zurück.»

Annabelle klimperte mit ihren Wimpern, schüttelte ihre Armreife nach hinten und schaute Xavier nach, wie er hinter der automatischen Tür verschwand.

Hassan wartete schon im zweiten Stock, war allerdings noch nicht vors Parkhaus gegangen. Draussen sassen auf den grossen Dachfenstern des ersten Stocks die Raucher. Alle in Weiss, unterschiedliche Hierarchiestufen in ihrer Sucht vereint, zogen sie an ihren Glimmstängeln. Patrizia und Francesco Devillo sassen neben zwei Männern vom Küchenpersonal und einem Notfallpfleger. Hassan und Xavier schlenderten gemeinsam an ihnen vorbei. Als sie die Rampe nach unten gingen, stand Devillo auf und wandte sich ebenfalls Richtung Tiefgarage. Er liess sich jedoch Zeit, sodass die zwei vor ihm die Glastür passiert hatten. Er schaute zu, wie sie Hassans Auto erreichten. Er blickte auf das Plakat, das irgendwelche Anweisungen enthielt, wie man mit dem Batch rein- und rauskam. Vom Musterbatch lächelte ihm George Clooney entgegen. Auch Devillo lief zu seinem Auto und setzte sich rein. Er musste wissen, was die zwei vorhatten.

Kapitel 13

Tausende Tupfer, Scheren und andere Materialien bleiben jedes Jahr nach einer Operation im Körper von Patienten. Diese Materialien müssen durch radiologische Methoden erkannt werden; nur so kann diesen Menschen das Leben gerettet werden. Strengere Regeln und die Einhaltung bei den Zählkontrollen der OP-Materialien könnte diese Komplikation verhindern. Denn hinter Darmschlingen einen vergessenen Tupfer zu erkennen, ist sehr schwierig. Das sogenannte Gossypiboma ist ein aus Baumwollstoff bestehender Fremdkörper, umgeben von einer Reaktion des Körpers, einem Fremdkörpergranulom.

Ludovic Debroise fühlte sich einerseits stark, da die Polizei noch nicht dahintergekommen war, was sich hier im Spital wirklich abspielte. Anderseits war sein Energieniveau völlig abgesackt. Er hatte alles bekommen, hatte Hassan dazu gebracht, die Geldflüsse via Francesco Devillo auf sein Konto zu lenken.

****

Dietger sass vor seiner Befundungskonsole und starrte auf seinen Bildschirm. Er war im Rapportraum geblieben. Nun diktierte er brav ein Bild nach dem anderen. Er hatte das Gefühl, sich auf einem sinkenden Schiff zu befinden. Würde ihn Hassans Nachfolgerin akzeptieren? Gestern beim Mittagessen hatte er die Neuigkeit erfahren. Hervé Grossen hatte vor Jürgen Möller geprahlt mit seinem Insiderwissen, dass die Radiologie bald in Frauenhand sei. Dietger hatte nachgehakt, wer denn die Auserwählte sei und von der Französin erfahren. Er diktierte weiter und las zwischendurch seine E-Mails. Ein E-Mail kam von Annabelle, war aber weitergeleitet von Susanne, die normalerweise Befunde schrieb. Es war eine kompliziert angelegte Exceltabelle mit genau zwei Patienten, die er vergessen hatte, zu befunden: Chantal Matthey de l'Endroit und Paul Schnyder. Dietger kratzte sich an seiner Glatze und versuchte, die Geschichte zu rekonstruieren: zwei Patienten, gleicher Tag, Namen verwechselt. Wie viele Leute waren da involviert? Mindestens zwei Rezeptionistinnen, mindestens zwei Radiologen, mindestens zwei Röntgen-techniker und mindestens zwei Sekretärinnen; da war er schon bei acht Leuten. Er wollte Patrizia fragen, er vermutete, dass es zwei Untersuchungen gab für Matthey de l'Endroit und keine für Paul Schnyder.

Dietger erhob sich, schrieb noch schnell auf einen Post-it die ID-Nummern der Patienten und machte ich auf die Suche nach Patrizia. Eigentlich hatte er keine Lust auf die Dame. Würde sie ihm weiterhelfen? Er blieb vor dem Einsatzplan stehen und suchte Patrizia. Er fand sie, sie musste irgendwo im Notfall stecken. Dietger verliess die Abteilung und fragte im Notfallröntgen, wo Patrizia sei. Ein kleiner Portugiese erklärte ihm: «Sie hat gerade Pause.»

«Wo ist sie, oben vor dem Parkhaus oder unten neben den Liften?»

Ohne aufzublicken, antwortete der Portugiese: «Keine Ahnung.»

Dietger beschloss zu warten. Er setzte sich hinter die Plexiglasscheibe und starrte auf den Bildschirm: zwei Grünholzfrakturen der Vorderarme. Der Portugiese kam vom Untersuchungsraum zurück und hatte einen neuen Patienten platziert: «Einatmen, nicht mehr atmen», während er abdrückte, und dann «wieder atmen». Zwei Sekunden später erschien eine wunderbar zentrierte Thorax-Aufnahme mit einem kleinen Mantelpneu, also mit Luft zwischen Brustwand und Lunge. Dietger schaute sich gedankenverloren die Anmeldung an. Zack, zack, schon war der Tisch wieder horizontal und ein

Sprunggelenk platziert. Geschickt klemmte der kleine Portugiese zwei Schaumstoffkissen daneben und drückte schnell auf den Auslöser. Ein perfekt zentriertes Sprunggelenk tauchte auf und auch das seitliche Bild keine zehn Sekunden später. Von Patrizia immer noch keine Spur. Der Techniker wählte wieder ein Programm aus, zog schnell ein neues Abdeckpapier über den Tisch und holte den nächsten Patienten. Eine Halswirbelsäule mit transbuccaler Aufnahme, um den zweiten Halswirbel durch den Mund hindurch zu beurteilen. In einer affenartigen Geschwindigkeit rief der kleine Portugiese den Namen von der Liste auf und schoss die Bilder. Er schien gerne alleine zu arbeiten. Seine Kollegin schien ihm nicht zu fehlen. «Piff» und «paff», schon waren die Bilder im Kasten, und «blubb», weg waren sie vom Bildschirm.

Dann erlosch das Licht aus. Dietger schaute den Portugiesen an. Dieser erklärte ihm: «Schichtwechsel, die Bilder werden jetzt in der Radiologie geschossen. Ich habe jetzt Mittagspause.»

«Ja, und Patrizia?»

«Die hat nach ihrer Pause den Ultraschallsucher zu übernehmen.»

Das hätte er ihm ja auch gleich sagen können. Dietger machte sich wieder auf den Weg zurück in die Abteilung. Er schaute um die Ecke zum Ultraschallräumchen, wo die Techniker ihren Computer hatten. Da sass aber niemand. Die kleinen roten Lämpchen an den Türen zeigten ihm an, dass noch gearbeitet wurde. Er wählte die Nummer vom Ultraschall und erwartete die Stimme von Patrizia. Es war aber jemand anderes, der ihm die Auskunft gab, dass Patrizia im Moment nicht zu sprechen sei, da sie bei einer Punktion helfen würde.

«Etwa schon die Abszessdrainage?»

«Nein, eine Leberbiopsie in Raum zwei.»

Dietger wartete vor Raum zwei und schaute auf seine Uhr. Eigentlich hatte er gar keine Zeit, auf Patrizia zu warten, aber sie war die Einzige, die wahrscheinlich die beiden Untersuchungen den richtigen Patienten zuordnen konnte. Endlich kam sie raus. Dietger wollte mit ihr sprechen, am besten vor einem Computer mit dem Programm vom Dienstag. Patrizia machte sich geschäftig daran, das Bett aus dem Saal zu schieben, räumte das Tablett ab von der Punktion, schob den Ultraschallschragen wieder rein, desinfizierte die Sonden und marschierte zum Ultraschallräumchen, ohne Dietger auch nur zu beachten. Er hatte sie zweimal gebeten, mit ihm zu reden, was sie mit «ich habe jetzt keine Zeit» abtat. Dietger liess nicht locker, denn wenn die Dame ihre Freitage beziehen würde, wären wieder zehn Tage weg. Er ging also hinter ihr her. Sie nahm jedoch nur das Überwachungsblatt und die Etiketten, kehrte damit schnurstracks wieder zurück in den Untersuchungsraum und hielt das Blatt dem Radiologen, der völlig verschwitzt dasass, unter die Nase, damit er es ausfüllen möge. Joseph Bouzenar nahm einen Kugelschreiber und füllte das Blatt aus. Dietger setzte wieder an, dass er einer Verwechslungsgeschichte auf den Grund gehen wollte und dass sie ihm bestätigen solle, dass ... Patrizia erklärte ihm, dass sie dazu jetzt nicht die Nerven habe. Er sollte das mit dem PACS-Verantwortlichen direkt lösen.

«Ich habe aber den Patienten nicht gesehen. Anscheinend bist du die Einzige, die den CT-Patienten gesehen hat.»

«Ja, und?»

«Der Patient für das Hals-CT, war das eine Frau oder ein Mann.»

«Woher soll ich das noch wissen?»

Patrizia schob den nächsten Patienten in den Ultraschallraum. Sie schloss das Bett aber nicht an den Strom an. Die Fernbedienung für das Kopfteil würde nicht funktionieren und der nächste Arzt würde aufstehen müssen, um es einzustecken. Sie steckte auch den Infusionsständer nicht ein. Die Batterien hielten kaum den Transport durch und das Gepiepse, mit dem der Ständer ankündigte, dass die Batterien bald leer waren, war Gift für die Nerven des Untersuchers. Die Infusion war ihr sowieso egal. Sie brauchte jetzt dringend eine Zigarette. Sie würde den Radiologen anrufen, wenn sie im Raucherstübchen sass. So waren nochmals fünf Minuten an Pause gewonnen. Die anderen beiden Säle konnten warten.

Dietger und Joseph waren in ihrem Leid vereint. Joseph war fix und fertig von der Punktion, die er nicht an Xavier hatte abgeben können. Dietger entschloss sich, den Verwechslungsfall per E-Mail an den PACS-Verantwortlichen und die Cheftechnikerin weiterzuleiten. Sollten die sich mit Patrizia rumärgern.

****

Zwei Autos fuhren dieselbe Strecke. Im vorderen sassen Xavier und Hassan.

Hassan sagte: «Die Machenschaften von den Medizinern und auch von den Chirurgen werden mir zu viel. Auch die Lohnverhandlungen sind völlig im Sand verlaufen. Ruth Amberg hat auf mich anfangs den Eindruck gemacht, dass sie auf meiner Seite steht. Jetzt nicht mehr. Die Einführung eines Pools mit Anpassungen an die Untersuchungszahlen und die Gewinne der Radiologie hat sie mir bei meiner Anstellung versprochen. Sie setzt sich aber nicht ein für uns. Mein Abgang wird sicher von den Chirurgen und Gynäkologen gefeiert und ihre neue Marionette haben sie ja auch.»

Xavier schwieg lange. Sie waren schon durch den Tunnel durch, als er sagte: «Gibt es da auch einen Platz für mich?»

Hassan begann zu strahlen: «Sicher.»

Hassan selbst hatte nur ein paar Monate wirklich als Arzt auf Französisch gearbeitet. Das ganze erste Jahr hatte er sich vollständig der Administration gewidmet. Es würde ihm guttun, wenn Xavier an seiner Seite arbeitete. Kurz bevor er aus dem Auto stieg, sagte er: «Ich frage den Besitzer der Praxis.»

Xavier fragte endlich: «Was wollen wir hier oben eigentlich?»

Hassan hielt an und sagte: «Ich will die Zeit nutzen, solange die hier noch nicht alle Machtstrukturen kapiert haben. Ich möchte mit dem Cheftechniker der Nuklearmedizin sprechen.»

«Was hast du mit der Strahlenquelle unter dem Stuhl von Nadine Huguenin-Morel zu tun?»

«Gar nichts!»

Xavier hielt vor dem Eingang des Spitals inne und sagte: «Warum lässt du das nicht die Polizei machen?»

Xavier und Hassan gingen vom Eingang direkt zum Büro des Cheftechnikers.

Hassan fackelte nicht lange: «Fehlt eine Technetium-Einheit?»

«Ja.»

«Seit wann?»

«Seit drei Tagen.»

«Wie konnte das passieren? Nicht abgeschlossen?»

«Sie war unten, im Labor der Diagnostik gelagert für die Lymphknotensuche vor den Mammakarzinom-Operationen. Mit so was kann man niemanden umbringen.»

«Interessant, aber wer kommt da ran?»

Der Cheftechniker sagte: «Alle operativ tätigen Gynäkologen.»

Xavier wurde klar, dass er hier als Zeuge fungierte, aber doch ein sehr starkes Interesse daran hatte, dass Hassan seine Haut retten konnte. Er hatte bis jetzt nur dagestanden: «Wer hat sich für die Markierungen in letzter Zeit besonders auffällig interessiert?»

Der Cheftechniker holte tief Luft und sagte: «Die Gynäkologen haben noch ein Projekt laufen mit Markierungen von Lymphknoten bei Gebärmutterkrebs.»

Hassan wusste davon, hatte jedoch in den letzten Monaten kaum mehr Kontakt gehabt zur Nuklearmedizin. Im letzten Jahr hatte er den leitenden Arzt nur zwei Mal zwei Wochen vertreten. Ausserdem war das ein gemeinsames Projekt mit der Strahlentherapie. Die Strahlentherapie gehörte nicht zu seinem Ressort, sie war den Onkologen unterstellt.

Hassan schaute den Techniker der Nuklearmedizin an. Die Techniker hatten keine Verantwortung für die Untersuchungen, das war ähnlich wie in der Radiologie, hingegen hatten sie einiges an Verantwortung beim Bestellen und Verwalten der strahlenden Substanzen. Dazu gehörte auch der Transport in den kleinen, abgeschirmten Behältern, ohne dass Strahlen austraten.

Hassan gab keinen weiteren Kommentar ab und suchte nach dem alten Chefarzt der radiologischen Abteilung. Dieser sass vor einem Stapel konventioneller Bilder: vor Filmen! Solche wurden nur noch in der Peripherie hergestellt. Dagegen wirkte sein Diktafon schon fast futuristisch.

Xavier folgte Hassan und kratzte sich an seinem Bart. Er wollte weg hier. Diese grauen mit Linoleum ausgelegten Flure mit ihren Panzertüren drückten auf seine Moral. Alles war eng hier. Die vier Befundungskonsolen, der Alternator aus Urzeiten, das danebengelegene Sekretariat der Schreibkräfte, die seit Jahrzehnten den polnischen Akzent ihres Chefs in den Ohren hatten. Der alte, ehrwürdige Herr stand auf und begrüsste die beiden je mit Handschlag. Er trug ein graues Hemd unter seinem Arztkittel. Seine polnische Herkunft war nicht zu überhören. Er galt als graue Eminenz, was die Befundung der Thorax-Bilder anbelangte.

Hassan wollte ihm persönlich sagen: «Ich habe gekündigt.»

«Du bist hergekommen, um mir das zu sagen? Das ist nett.»

Hassan und Xavier waren nicht nur deswegen hergekommen. Xavier fragte: «Können wir fünf Minuten ungestört in deinem Büro reden?»

«Selbstverständlich.»

Sie gingen eine Tür weiter und betraten einen abgedunkelten Raum. An den Wänden standen Regale voll mit Büchern und Röntgentüten, Kopien von interessanten Fällen. Als sie die Tür sorgfältig geschlossen hatten, bot der Pole ihnen zwei Hocker an.

«Die Gammastrahlenquelle», sagte er, ohne auf Hassan zu warten.

«Ja.»

«Gestohlen vor drei Tagen und noch angereichert mit allen Ampullen, die sich in den Behältern daneben und im Panzerschrank befanden.»

«Hast du eine Vermutung, wer es gewesen sein könnte?»

Ein sehr tiefer Seufzer kam aus der Brust des Polen: «Ein Insider.»

Hassan wusste, dass der Pole gut an allen Sitzungen beobachtete und auch viel Erfahrung mit den Alteingesessenen hatte. Er schwieg einen Moment, um ihm die Chance zu geben, zu reden. Sie waren keine Konkurrenten. Endlich sagte dieser: «Jemand übt Druck aus via Devillo.»

«Wieso?»

«Privatpatienten in der Chirurgie und in der Gynäkologie sind nicht per se Goldgruben.»

122

«Ja, weisst du etwas Konkretes?»

«Nein, aber die Abdeckelung der Löhne, wie sie von Ruth Amberg und Lionel Sanders gewünscht wurden, gefällt nicht allen.»

«Was hat Francesco Devillo damit zu tun?»

Der Pole hatte mittlerweile seinen Kittel ausgezogen und die Storen hochgedreht: «Devillo ist der Handlanger vom Universitätskrankenhaus. Er wird in neun Monaten pensioniert und braucht eine Rentenaufbesserung. Der hat keine Lust, sich nachher noch die Finger krumm zu machen.»

Xavier und Hassan wussten, dass das Universitätskrankenhaus Patienten-mangel hatte und dass Devillo unbedingt einen Gastroenterologen und auch einen Angiologen platzieren wollte. Aus hiesiger Sicht völlig unverständlich, zumal beide lokal schon tätigen Spezialisten durchaus mit ihren Patienten zurechtkamen und sicher keine Hilfe brauchten.

«Weisst du, wie der Deal gestaltet ist?»

«Devillo war hier, er wollte Zahlen von mir. Er will da was aushandeln, aber wie das nun genau läuft, ist unklar. Martin Lambert und Hervé Grossen, den beiden Chirurgen, traue ich nicht viel zu. Sie operieren und lassen die hier oben in Ruhe.»

«Hat das Ganze etwas mit dem Abgang von Sanders zu tun? Übrigens, die Amberg hat auch gekündigt, aber die muss ihre sechs Monate absitzen. Sie wird ein bisschen von den Machenschaften ausbaden müssen, da kommt sie nicht darum herum.»

Der Pole wollte das Gespräch langsam beenden. Um sechs gab es in der katholischen Kirche eine Messe, die er nicht verpassen wollte. Er stand auf und nahm seine Mappe, stopfte eine Zeitschrift hinein und hielt Xavier und Hassan die Tür auf.

Hassan und Xavier hätten gern weiter gebohrt, aber anscheinend war nichts mehr aus ihm herauszuholen. Sie traten auf den Flur und sahen, wie Devillo vor der Röntgenanmeldung stand: «Was suchte der medizinische Chefarzt vom Krankenhaus des unteren Kantonteils hier oben?»

Brauchte Devillo sie hier oben zu sehen? Nein.

Hassan und Xavier gingen zum Hinterausgang, umrundeten das Krankenhaus, um zu ihrem Auto zu gelangen. Ein Gewitter zog über die Berge, es blitze und donnerte. Es regnete in Strömen, sodass sie beide klatschnass waren, als sie endlich im Auto von Hassan sassen. Der Parkplatz war von braunem Wasser überschwemmt. Es floss ungehindert von der oberhalb des Parkplatzes liegenden Wiese und drang in die mit Wellblech überdachten Parkplätze. Dort staute sich das Wasser bereits fünf bis zehn Zentimeter hoch. Hassan fuhr langsam zur Schranke hin, die sich automatisch öffnete. Sie schlingerten die Rampe runter, es goss aus Kübeln. Im Schritttempo fuhren sie am Haupteingang vorbei. Devillo trat mit einem Schirm aus der Drehtür. Hassan schaltete die Lüftung ein, denn ihre dampfenden Kleider liessen die Scheiben beschlagen. Das Wasser floss braun an ihnen vorbei. Wahlplakate lagen umgeworfen auf der Strasse. Darauf grinste ein CVP-Kandidat gegen den Himmel mit dem Slogan: «Vereint für zwei unabhängige Spitäler!» Auch sonstiger Müll floss durch die Strasse. Das Gewitter tobte heftig. Die Stadt war wie jeden Abend vorstopft vom Feierabendverkehr. Die Grenzgänger wollten schnell heim. Jeder fuhr einzeln in seinem Auto Richtung Frankreich. Erst beim Kreisverkehr ausserhalb der Stadt würde es besser werden.

Kapitel 14

Ein Ohrspeicheldrüsenkrebs oder Parotistumor kann operativ entfernt werden. Für den Chirurgen liegt die Herausforderung insbesondere in der Funktionserhaltung des Gesichtsnervs. Vorher braucht es allerdings radiologische Abklärungen. Rund achtzig Prozent der Tumoren an der Ohrspeicheldrüse sind gutartig. Doch auch diese Geschwulste sollten entfernt werden, da sie zu bösartigen Tumoren mutieren und Schäden an umliegenden Blutgefäßen oder Nerven anrichten können. Ein frühzeitiges Entfernen des Tumors ist im Regelfall zu empfehlen.

Ein Patient sass in der Sprechstunde seinem Hausarzt gegenüber. Der Tumor der Speicheldrüse, der mittlerweile die Nerven infiltrierte, war vor ein paar

Tagen im hiesigen Krankenhaus untersucht worden, aber der Bericht fehlte immer noch. Das halbe untere Gesicht war mittlerweile gelähmt.

In einem Zimmer auf der internistischen Abteilung erholte sich ein Patient von seinem anaphylaktischen Schock durch iodhaltiges Kontrastmittel. Gerne unterhielt er sich mit seinem Zimmernachbarn, der in der Wand der Hauptschlagader geblutet hatte während einer radiologischen Intervention.

Auf der chirurgischen Abteilung lag ein Patient mit massiven Bauchschmerzen, die aber langsam nachliessen, seit er eine Drainage gelegt bekommen hatte. Die Naht war undicht geworden, was dank einer Computertomografie erkannt worden war. Das hatte man ihm als Komplikation mitgeteilt. Neben ihm lag ein Patient mit einem geschienten Arm und erholte sich von einer Operation der Muskellogen am Vorderarm nach Kontrastmittelaustritt.

Auf der neurologischen Abteilung lag ein Schlaganfallpatient, der sich immer noch grosser Aufmerksamkeit erfreute, obwohl seine Symptome verschwunden waren.

In der Verwaltung hatte Jean-Luc ein Zimmer bekommen, wo ihm nach und nach alle Zeugen und Verdächtigen vorgeführt wurden. Dazwischen schaute er sich Festplatte um Festplatte an, zusammen mit einem Buchhaltungs- und Informatikspezialisten. Ausser Hassan Jourdani und Ludovic Debroise hatten alle ein relativ glaubhaftes Alibi vorgebracht. Nun stand die Direktionsassistentin in der Tür: «Kommen Sie ruhig rein und setzen Sie sich.»

Sie räusperte sich und sagte: «Am Tag bevor unsere Verwaltungsratspräsidentin umgebracht wurde, war es zu einer Auseinandersetzung, zwischen ihr und Herrn Sanders gekommen.»

«Dem administrativen Direktor, der mittlerweile entlassen wurde?»

«Ja!», dabei rümpfte sie ein ganz wenig ihre Nase.

«Und Sie wissen, worum es ging?»

«Um den Irrsinn, die beiden Direktionen von oben und unten wieder zu trennen. Aber auch um die Drohung der Gynäkologen, dass Krankenhaus zu verlassen, falls ihre Lohnforderungen nicht erfüllt würden.»

«Wen würde es weiterbringen, die Verwaltungsratspräsidentin umzubringen?»

«Man findet den Mörder doch?»

Jean-Luc beharrte und fragte noch einmal: «Wem würde Ihrer Meinung nach der Tod der Verwaltungsratspräsidentin etwas bringen?»

«Sanders hätte seinen Job sowieso verloren, das hing nicht von der Huguenin-Morel ab. Um einen Mord zu begehen, muss man doch irgendwie krank sein.»

Jean-Luc hatte eine Liste der Personen vor sich, die in letzter Zeit Kontakt zu Frau Huguenin-Morel gehabt hatten: «Ihr Name fehlt auf der Liste; Sie haben sie erstellt, nicht wahr? Und wer ist krank genug, einen Mord zu begehen?»

Die Frau hatte sich das ein bisschen anders vorgestellt: «Ich soll Ihnen das sagen?»

«Wer sonst?»

Jean-Luc konnte auch anders: «Was haben Sie am Dienstagabend zwischen zehn Uhr und Mitternacht getan?»

«Sie verdächtigen mich?»

«Sie aspirieren doch auf einen besseren Posten?»

Die Direktionsassistentin wollte wirklich in der Hierarchie klettern. Darum hatte sie sich die Mühe gemacht, diese Liste zu erstellen. «Ich bin mit meinem Posten sehr zufrieden, aber wenn Sie mich fragen, geht es bei den Verhandlungen mit dem Chefarzt der Gynäkologie um sehr viel Geld.»

Jean-Luc versuchte diese Frau zu fassen, aber mit Charme lag da nicht viel drin: «War Ludovic Debroise in letzter Zeit mit der Verwaltungsratspräsidentin zusammen?»

«Das weiss ich nicht, aber Ludovic und Francesco sind zusammen am Hafen gesehen worden. Sie schienen nicht glücklich.»

«Nicht glücklich, miteinander?»

Sie antwortete lange nicht, dann aber doch: «Ich meine, sie sind nicht etwa schwul.»

«Und Sie, Sie mögen Frauen?»

«Ja, aber das tut hier nichts zur Sache.»

«Ruth Amberg und Nadine Huguenin haben welche Neigung, Ihrer Meinung nach?»

«Das geht Sie eigentlich nichts an. Der Tod von Nadine Huguenin-Morel hat nichts mit meiner Beziehung zu Ruth Amberg zu tun; Nadine ist, äh war heterosexuell.»

Jean-Luc überlegte, wie er ihr mehr aus der Nase ziehen konnte: «Könnte ich mal die Gehaltsabrechnungen der Gynäkologie inklusive der Poolgelder sehen?»

Da erwies sich die Direktionsassistentin schon wesentlich nützlicher. Jean-Luc bekam alles serviert. Er dankte ihr und entliess sie.

Jean-Luc hatte im Labor die Entnahme von sämtlichen Fingerabdrücken angeordnet, an allen Schränken. Die Verhöre hatten bestätigt, dass zwei Diebstähle vorgekommen waren, eine Sputum-Probe und radioaktive Substanzen. Geraldine hatte ihm erklärt, dass das erste Hustenschleim war und das zweite eine strahlende Flüssigkeit für Lymphbahnen. Der Bericht lag mittlerweile vor: Ludovic Debroise war im Labor gewesen.

Jetzt ging Jean-Luc mit André zum Büro des Gynäkologen. Es herrschte schon Feierabendstimmung. Das Sekretariat fanden sie unbesetzt vor. Sie stülpten sich Gummihandschuhe über. Mit dem Schlüsselbund des Sekuritaswächters liess sich die Tür des Behandlungsraumes vom Chefarzt der Gynäkologie öffnen. Jean-Luc wusste mittlerweile, dass er vormals mit einer Politikerin aus dem oberen Kantonteil verheiratet gewesen war und fünfzehntausend jeden Monat für Alimente von seinem Konto abgezogen wurden. Sie war im Kantonsrat und wollte auch wiedergewählt werden. Wenn zwei unabhängige Krankenhäuser zwei Direktionsstellen mit beachtlichen Salären anboten, konnte sie das wunderbar im Handel mit ihrem Exmann verwenden. Denn wenn er bestimmen konnte, dass diese Stellen geschaffen wurden, bedeutet das sehr viel Macht in seiner Hand. Sie wiederum konnte das praktisch in Bargeld umwandeln, denn Ludovic Debroise würde ihr für mehr Macht im Spital mehr Alimente zahlen. Sie wusste, womit man ihren Exmann locken konnte, dieser war zu allem bereit.

Jean-Luc schaute sich um. Der PC fehlte und war schon untersucht worden. Interessant waren vor allem die besuchten Internetseiten gewesen, auch die zum Verstrahlungstod. André und er untersuchten die Schränke und Schubladen. Jean-Luc fasste in die Manteltasche von Ludovic Debroise und fand das kleine Plastikröhrchen, die Sputum-Probe. Dann bekam André plötzlich einen Anruf und sie mussten los. Jean-Luc verstand nicht, worum es ging, dafür reichte sein Französisch nicht.

****

Jean-Luc fuhr mit André Berger auf der kurvenreichen Strasse in Richtung Frankreich. Sie befanden sich auf der gleichen Strasse, wo der vergiftete Xavier von der Fahrbahn abgekommen war. Sie kamen an der pappelgesäumten Schwemmebene vorbei. Vor ihnen erhob sich eine gigantische Felsformation, ein Amphitheater von mehreren hundert Metern Höhe. André hatte diesem Anruf der Zentrale folgen müssen. Ein Bauer hatte ein Auto gesichtet, das sich auf die Steilwand hinzubewegte. Es war ein beliebter Ort, dem Leben ein Ende zu setzen. André fuhr eine kleine Strasse durch den Wald hoch, sie war steil und sehr holprig. Der Steinschlag hatte der Strasse arg zu gesetzt. Vom Krankenhaus bis hierher waren vierzig Minuten vergangen. Noch sahen sie von weitem ein rotes Auto an der Kante stehen. Die Zentrale hatte guten Einsatz geleistet und dank den Angaben des Bauern das Nummernschild beziehungsweise den Besitzer identifiziert: Hervé Grossen, Chefchirurg am hiesigen Krankenhaus. In der Nähe seines Büros, im gynäkologischen Chefarztbüro hatten sie heute Nachmittag Beweise sichergestellt.

Jean-Luc hielt sich wacker am Griff oberhalb des Beifahrerfensters fest. Er wurde trotzdem hin- und hergeschleudert. Er versuchte, seine Gedanken zu sammeln, und sagte: «Nadine Huguenin-Morel, die Verwaltungsrats-präsidentin eines Krankenhauses, wird umgebracht.»

André Berger stieg trotz der schwierigen Strassenverhältnisse in die Unterhaltung ein: «Ruth Amberg und Lionel Sanders, die medizinische Direktorin und der administrative Direktor, werden vom Chefgynäkologen unter Druck gesetzt, einen neuen Gesamtarbeitsvertrag nicht mit einer Lohnabdeckelung zu versehen.»

Jean-Luc war es mittelweile schon übel, aber er musste weiter zusammenfassen: «Hervé Grossen, alteingesessener Chirurg, will sich umbringen. Seine Tochter

128

ist mit Martin Lambert, dem Chefarzt der Chirurgie, verheiratet und diese haben eine gemeinsame Tochter: Patrizia, Röntgenassistentin und Strahlenschutzbeauftragte des Krankenhauses.»

André Berger sagte: «Jetzt sind wir gleich oben. Ich hoffe, dass die Steinböcke auf den Chirurgen aufpassen und nicht zulassen, dass er sich umbringt. Hervé Grossen weiss wahrscheinlich so viel, dass es unerträglich ist. Vielleicht ist er der Mörder.»

Jean-Luc war grün im Gesicht. Die Aussicht über das Tal war atemberaubend. Sie hatten ein Gartenrestaurant passiert und näherten sich auf der Wiese dem Abgrund beziehungsweise dem roten Auto: «Hassan Jourdani, Chefarzt der Radiologie, hat Geld umgeleitet in Richtung Francesco Devillo und Ludovic Debroise. Allerdings konnten wir noch nicht die Kontoauszüge überprüfen, um zu begreifen, was anschliessend mit dem Geld passiert. Könntest du nicht bei deinen Kollegen anfragen, ob sie das tun? Und Xavier Berthier weiss von diesen Geldflüssen»

André antwortete nicht. Er stellte den Dienstwagen neben den roten BMW von Hervé und stieg aus: «Merde! La voiture est vide! Isch dachte, er würde vielleicht im Auto warten oder sich gar mit dem Auto runterstürzen.»

Jean-Luc war auch ausgestiegen und trat langsam näher an die Felswand heran: «Vielleicht trinkt er sich Mut an? Ich werde im Restaurant nachfragen!»

André wandte sich langsam nach rechts, verscheuchte die Steinböcke und suchte nach Hervé Grossen.

Jean-Luc blickte kurz in den roten BMW und sah einen Brief. Trotzdem entschloss er sich, zuerst im Restaurant nachzufragen. Er rannte die kurze Strecke und kam keuchend in den Eingangsbereich. Er holte sein bestes Französisch raus und fragte: «Ist der Autofahrer des roten BMW bei euch?»

Die Serviertochter schaute ihn komisch an und sagte: «Sie dürfen gerne nachschauen, aber welcher Gast welches Auto fährt, kann ich Ihnen nicht sagen.»

Jean-Luc ging auf einen allein am Tisch sitzenden Gast zu und fragte ihn: «Wie heissen Sie? Gehört Ihnen der rote BMW, der da am Abgrund geparkt ist?»

Hervé Grossen sass am Nebentisch und sagte: «Der gehört mir!»

Jean-Luc war derart erleichtert, dass er sich neben ihn setzte und tief durchatmen musste: «Was soll der Scheiss?»

Hervé Grossen hatte ein Bier vor sich und sagte: «Ich habe effektiv daran gedacht, dem allem ein Ende zu setzen, doch habe ich nicht mal den Mut, mich die Felswand herunterzustürzen. Ich stehe kurz vor der Pensionierung, meine Ehe war eine Katastrophe, meine Kinder und Enkel kennen mich nicht. Ich war Chirurg, sonst nichts.»

Jean-Luc begriff, dass diese Geschichte nicht zu Ende war: «Ich schlage vor, sie bestellen sich jetzt das Abendmenu und wir reden miteinander.» Er musste Zeit gewinnen und André sollte eine Ambulanz bestellen. Hervé Grossen war selbstmordgefährdet. Er zog sein Natel heraus und schrieb: «Hervé hier, bitte psychiatrische Hilfe holen!»

Hervé Grossen trank sein Bier und begann zu weinen: «Ich war ihnen kein Vater, ich war meiner Gattin kein Ehemann, ich bin kein Grossvater für meine Enkel. Ich habe mein Leben lang nur kranke Bäuche aufgemacht, Tumoren rausoperiert und wieder zugenäht.»

Jean-Luc war auf so viel Ehrlichkeit nicht gefasst: «Und was war in den Ferien und am Wochenende? Da hatten Sie sicher auch mal frei?»

Hervé Grossen erzählte: «Meine Frau hatte eine Kinderarztpraxis und hat sich trotzdem um die Kinder gekümmert. Sie war da, wenn sie krank waren, wenn man sie von der Schule abholen musste, wenn sie Geburtstagsfeste mit anderen Kindern feiern wollten. Ich war immer nur im Spital.»

Jean-Luc hatte einen zutiefst verzweifelten Menschen vor sich, der Angst vor seiner Pensionierung hatte: «Haben Sie den kein Projekt für nächstes Jahr? Es ist doch nie zu spät, sich wenigstens um die Enkelkinder zu kümmern?»

Hervé Grossen schluchzte immer heftiger: «Meine Frau und meine Kinder wollen nichts mehr von mir wissen!»

Jean-Luc schielte auf sein Natel. Es waren gerade einmal acht Minuten vergangen, seitdem er die SMS geschickt hatte. André hatte nicht geantwortet.

Er hoffte inständig, dass André wenigstens gemerkt hatte, dass Jean-Luc Hilfe brauchte.

Die Serviertochter hatte mittlerweile den Ernst der Lage begriffen und kam mit zwei Tellern und dem Menu.

Jean-Luc war immer noch übel von der kurvenreichen Autofahrt, versuchte aber weiterhin, Hervé in ein Gespräch zu verwickeln.

****

Unterdessen hatte André die psychiatrische Ambulanz zum Restaurant beordert: «Beeilen Sie sich; es gut um Leben und Tod. Noch lebt er und hat sich nicht die Felsen herabgestürzt.»

Anschliessend war er zurück zum roten BMW gegangen und hatte den Brief entdeckt. Er brach das Auto auf und nahm den Brief an sich: «Chirurg, sonst nichts», stand dort mit krakeliger Schrift auf einem kleinen Stück Papier. Er hatte sich mehr Informationen erhofft. Bevor Hervé Grossen in die psychiatrische Klinik eingeliefert würde, müsste aus ihm doch etwas rauszukriegen sein. In der Ferne hörte er das Martinshorn der sich nähernden Ambulanz. Er rannte auf das Restaurant zu. Auch er kam keuchend dort an und sah, dass Jean-Luc versuchte, mit Hervé Konversation zu machen.

André Berger war sich nicht sicher, ob er in dieser Situation Fragen stellen durfte. Er überlegte und dachte, dass gerade diese Geschichte dem Leben von Hervé wieder einen Sinn geben könnte. Er war nicht nur Chirurg, sondern kannte die Intrigen des Krankenhauses.

Vorsichtig setzte sich André an den Tisch mit Hervé und Jean-Luc. André hörte sich einen Moment das Gespräch zwischen den beiden an. Auch Jean-Luc versuchte, Gründe aufzuzeigen, warum es sich lohnte, am Leben zu bleiben. André stellte sich vor: «Wir gehören zusammen und ermitteln im Mordfall von Nadine Huguenin-Morel. Sie können uns bestimmt helfen! Wir tappen noch ziemlich im Dunkeln.»

Hervé Grossen schob vorsichtig einen Bissen auf seine Gabel und begann ganz leicht zu schmunzeln: «Ludovic Debroise und Francesco Devillo, die beiden Cowboyhelden im Krankenhaus.»

Jean-Luc hatte begriffen, dass sie jetzt noch etwas Zeit brauchten. Hoffentlich kamen die Sanitäter, die er sich vorhin schnell herbeigewünscht hatte, nicht zu früh: «Was ist mit den beiden?»

Hervé hatte tatsächlich angefangen zu essen und sagte dann mit vollem Mund: «Sie sind Konkurrenten und doch stecken sie unter einer Decke. Seit Ruth Amberg und Lionel Sanders das Krankenhaus unter Nadine Huguenin-Morel führen, befinden sie sich in einer Sackgasse. Die drei sind sowas von ehrlich. Man kann sie nicht bestechen. Vielleicht noch am ehesten eine lesbische Direktorin.»

André schaute auf seine Uhr und wusste, dass sie noch zehn Minuten hatten, bis die Sanitäter hier ankamen: «Wissen Sie, wer von den beiden die Verwaltungsratpräsidentin umgebracht hat? Sie müssen uns helfen, bitte!»

Hervé grinste weiter und tatsächlich schien er etwas weniger lebensmüde als noch vor einer Viertelstunde, als er weinend vor seinem Bier gesessen hatte: «Devillo ist fies, intrigant, egoistisch und freut sich, wenn er Situationen und Personal manipulieren kann, aber ein Mörder ist er nicht.»

Jean-Luc stand auf und machte André klar, dass er die Sanitäter in Empfang nehmen würde: «Ich rede mit ihnen und warte dann draussen.» Als Erstes besuchte er kurz die Toilette und dann stellte er sich auf die Zufahrtsstrasse. Die Ambulanz war schon in Sicht.

André fragte nun ganz direkt: «Können Sie uns Ludovic Debroise ans Messer liefern?»

Hervé antwortete: «Vielleicht, das ist nicht so einfach. Ludovic hat offensichtlich wenig Spuren hinterlassen. Aber er neigt zur Panik. Man müsste ihm eine Falle stellen.»

Jean-Luc kam mit den Sanitätern in das Restaurant. Sie boten Hervé eine Fahrt ins Krankenhaus an. Sie versprachen ihm professionelle Hilfe, um ihn vor dem Suizid zu bewahren. Hervé geriet kurz in Panik, liess sich dann aber doch zur Ambulanz führen. Er war fix und fertig.

Kapitel 15

Wenn in der Computertomografie die Lunge weiss statt schwarz ist, scheint das der Anfang vom Ende zu sein. Kurz vor dem Tod eines Menschen fegt eine elektrochemische Entladungswelle wie ein Blitz durch das Gehirn. Bei sterbenden Patienten mit Sauerstoffmangel leitet diese Welle den Sterbeprozess des Gehirns ein, zumal von allen Organen das Gehirn am empfindlichsten auf Sauerstoffmangel reagiert. Verschluckt sich der Patient dann auch noch an einem Röntgenkontrastmittel, kommt es zu einer osmotischen Reaktion und Wasser füllt die Lungenbläschen. Der Energiesparmodus des Gehirns kann noch ein paar Minuten dem Menschen das Leben retten. Wenn die letzten Reserven aufgebraucht sind, bricht das energiebedürftige Ionen- und Spannungsgefälle zwischen dem Inneren der Nervenzellen und ihrer Umgebung zusammen. Der Patient ist hirntot.

Jean-Luc und André waren spätabends in die Polizeizentrale zurückgekehrt. Sie waren müde und es hatte keinen Zweck mehr weiterzumachen. Sie brauchten eine Pause. André brachte Jean-Luc zu dem Hotel in der Innenstadt, welches seine Sekretärin für ihn reserviert hatte.

Jean-Luc lag im Bett und hing seinen Gedanken nach: «Noch läuft der Mörder frei rum, schlimmer noch, er ist Arzt und hat es täglich mit Patienten zu tun. Hervé Grossen hatte recht, eine Falle, um Ludovic Debroise auf frischer Tat zu ertappen, würde helfen. Oder haben wir genug Beweise? Morgen bekommen wir die Kontoauszüge von Ruth Amberg, Hassan Jourdani, Ludovic Debroise und Francesco Devillo.» Mit diesen Gedanken schief er ein.

Xavier Berthier und Ruth Amberg trafen sich am Hafen. Sie hatten jeder ein Bier bei der Frite Vagabonde gekauft und sich auf eine Bank gesetzt. Das war überhaupt nicht im Stil von Ruth. Als alleinstehende Frau leistete sie sich eher ein gutes Restaurant, wusste aber, dass Xavier nach einem Tag Arbeit in der Radiologie dazu nicht die Energie aufbringen würde. Jürgen Möller, der Notfallarzt, hatte Xavier von den Einsätzen am Felsamphitheater erzählt. Sie hatten die Notfallstation auf Alarmstufe eins halten müssen, und das während drei Stunden, um allenfalls einen schwerverletzten Selbstmörder behandeln zu können. Auch das pikante Detail, dass es sich um Hervé Grossen gehandelt hatte, war durchgesickert. Xavier war unsicher, ob er das im Gespräch mit Ruth Amberg einbringen sollte. Ruth schien gelassen, seit sie wusste, dass sie bald nicht mehr für dieses Krankenhaus arbeiten musste. Sie sagte: «Ludovic Debroise sollte nicht ungestraft davonkommen.»

Xavier nahm einen Schluck von seinem Bier, das er genüsslich aus der Dose schlürfte und antwortete: «Jemand hat Hassan unter Druck gesetzt, er hat die Buchhaltung manipuliert. Am Anfang schien es mir, dass seine Doppel-buchhaltung für Lohnforderungen eingesetzt werden sollte. Doch seit er gekündigt hat, macht das keinen Sinn mehr.»

Ruth Amberg war sich bewusst, dass sie Hassan missbraucht hatte: «Nein, Devillo und Debroise zwacken sich etwas vom Radiologiekuchen ab, schon lange. Ich bin gescheitert, denn mit Lionel Sanders habe ich das nicht stoppen können. Hassan wusste am Anfang nichts davon, er hat es erst mit seiner doppelten Buchhaltung gemerkt. Er ist zu mir gekommen.»

Xavier wurde erst jetzt vollständig bewusst, dass Ruth auch Dreck am Stecken hatte: «Ja, und Lionel musste wirklich nur wegen seines Fauxpas im Zeitungsinterview gehen?»

Ruth Amberg liess Xaviers Frage unbeantwortet und stellte ihre Bierdose mit zwei Fingern unter die Bank, schwang ihren roten Zopf über die Schultern und meinte: «Ich organisiere einen Betriebsausflug für die Chefarztetage. Da könnte doch dem Ludovic etwas zustossen.»

Xavier schaute sie entgeistert an: «Öh.»

Ruth Amberg begann weiter zu sinnieren: «Wir werden die stillgelegten Minen besichtigen und anschliessend im Adler essen gehen. Nach einem kulturellen Teil kommen eine kurze Sitzung und ein Essen. Offiziell ist Hassan nicht mehr im Amt und du noch für drei Wochen Interimschefarzt, bis meine kleine Französin das Ruder übernimmt.»

Xavier war sich bewusst, dass Ruth ihn zwingen konnte, an so einer Veranstaltung teilzunehmen: «Ich soll also da mitkommen. Als Zeuge? Als Handlanger? Als Detektiv? Spinnst du eigentlich?»

Ruth Amberg fühlte sich frei wie ein Vogel, seitdem sie gekündigt hatte. Eine Riesenlast war von ihr abgefallen: «Nein, ich brauche Zuschauer, Bewunderer und vielleicht etwas Hilfe.»

Xavier schaute sie ziemlich entgeistert an: «Und was willst du da verkünden?»

Ruth Amberg hob ihr Bier wieder auf und hielt es Xavier entgegen: «Prost, auf das Ende der gynäkologischen Vorherrschaft!»

Xavier verabschiedete sich von Ruth und ging in die Tiefgarage des Hafenplatzes zu seinem Auto. Heute schaffte er es gerade noch in sein Dienstzimmer. Ruth schlenderte zum Funiculaire und liess sich in den oberen Stadtteil fahren.

****

Jean-Luc und André machten sich am nächsten Morgen daran, die Kontoauszüge der Chefärzte zu studieren. Jean-Luc wurde bald klar, dass das illegale Geschäft tiefer im Spitalsystem aufzudecken war. Er schlug André ein Verhör mit Xavier und Ruth Amberg vor: «Ich denke, dass Xavier mehr weiss und Ruth Amberg etwas zu verbergen hat.»

André Berger war einverstanden: «Ich lasse die beiden vorladen.»

Die Verhöre fanden an den folgenden Tagen statt, brachten aber wenig Licht in die Sache. Xavier sagte aus, dass Hassan die Buchhaltung überprüft, auch fehlgeleitete Geldflüsse gefunden habe, dass aber Ruth Amberg nichts unternommen habe.

Ruth Amberg hatte deckungsgleich geantwortet. Hassan sei mit einer doppelten Buchhaltung zu ihr genommen, habe von zu hohen Salären bei den Gynäkologen geredet. Auf seine Lohnforderungen sei sie nicht eingegangen.

****

An einem Donnerstagabend hatten die medizinische Direktorin und der Interimsverwaltungsratspräsident zu einer Sitzung aufgefordert. Die Einladung war an alle Chefärzte und an den Verwaltungsrat gegangen: «Wir müssen uns neu finden und zusammenhalten!»

Nach einem kulturellen Teil mit Besichtigung der stillgelegten Minen sollte eine neue Zusammenarbeit definiert werden, da Nadine tot war, Lionel Sanders nahe gelegt worden war zu gehen und Ruth Amberg gekündigt hatte. Auch die Kündigungswelle in der Radiologie war ein Traktandum. Bei gutem Wetter sollte um siebzehn Uhr ein Aperitif gereicht werden, und zwar in dem rustikalen Gartenrestaurant bei den Minen.

Xavier setzte sich in sein Auto und fuhr durch die Stadt, Richtung Frankreich. Er kannte die Strecke in- und auswendig. Um in dem peripheren Krankenhaus Ultraschall zu machen, fuhr er zweimal die Woche hier hoch. Nach dem Tunnel steuerte er auf die Schwemmebene zu und sah die Pappeln. Vor der Abfahrt hatte er sein Auto abgesucht, diesmal konnten sie ihm kein Lachgas unterjubeln. Er beschleunigte kurz auf achtzig Stundenkilometer und reduzierte dann in jedem Dorf wieder auf fünfzig. So brauchte man exakt vierzig Minuten. Hassan war freigestellt worden. Seine eigene Kündigung war unterwegs, er würde, wenn alles gut lief, einen Monat nach Hassan in der gleichen Praxis anfangen.

Francesco Devillo sass in seinem Volvo und rauchte eine Zigarette nach der anderen. Er war mässig motiviert, so weit für eine Chefarztsitzung zu fahren, musste jedoch zugeben, dass sie nötig war. Er hatte ja schon die kleine Französin und den Chefarzt der Orthopädie organisiert. Die Position der Internisten wollte er mit weiteren ihm bekannten Ärzten stärken.

Ludovic Debroise fuhr jegliche Geschwindigkeitsbeschränkungen missachtend in seinem Jaguar die gleiche Strecke. Er war unruhig. Er hatte den Chefarzt der Onkologie mitnehmen wollen, doch der hatte ihm einen Korb gegeben. Er zog seinen Opel dem Jaguar vor, wollte auch später kommen. Ein paar Komplimente über den schicken Jaguar hätten ihm gutgetan.

Martin Lambert sass mit Ruth Amberg im gleichen Auto. Sie hatten sich in der Tiefgarage getroffen und Ruth hatte ihm angeboten zu fahren. In Anbetracht des bevorstehenden Apéros fand Martin es sehr passend, nicht mit dem eigenen Auto zu kommen.

Die Herren vom Verwaltungsrat waren schon am Nachmittag mit dem Zug gekommen und sassen gemütlich an den Tischen im Garten des Restaurants, das zu Museum und Minen gehörte. Sie hatten tatsächlich gewisse strategische Entscheide diskutiert, waren dann aber zu Kaffee und Kuchen übergegangen.

Ruth Amberg hatte mehrmals mit dem Tourismusdirektor der Region telefoniert und zum Apéro kleine Häppchen des im Asphalt gekochten Schinkens zusammen mit einem frischen hiesigen Weisswein bestellt. Der im Schlosskeller am See gekelterte fruchtige Wein «la Fourmillière» passte gut zu diesem Anlass. Sie wusste auch, dass die Chefärztin der Kinderabteilung nicht kommen würde, sie hatte sich wie fast immer bei solchen Sitzungen abgemeldet. Der Chefonkologe würde sicher zu spät erscheinen.

Xavier und Francesco trafen fast gleichzeitig ein, Francesco liess Xavier galant den Vortritt, um in den kleinen Parkplatz zwischen den Bäumen zu fahren. Ludovic kam kaum drei Minuten später mit viel Getöse auf dem kleinen Strässchen von der Allee her über die Gleise zum Parkplatz. Alle Anwesenden bewunderten pflichtbewusst den Jaguar des Gynäkologen.

Die Bedienung hatte schon die Gläser und ein kleines Buffet aufgebaut. Die Gäste hatten sich darum versammelt und Ruth Amberg nahm sich ein Glas. Sie trug ausnahmsweise eine relativ warme Hose und schwitzte hier draussen, wusste jedoch, dass in den Minen nur acht Grad waren. Auch hatte sie eine kleine Daunenweste dabei.

Es hatte eine angeregte, harmlose Unterhaltung stattgefunden. Alle hatten schon bei den kleinen Schinkenhäppchen zugelangt, damit der Weisswein auf leeren Magen nicht zu stark anheiterte.

Im Museum übernahm ein junger Mann die Führung. Die Besucher bekamen eine kurze Einführung in die geologischen Verhältnisse der Minen und ihrer Umgebung. Man hatte hier zwischen 1712 und 1986 Asphalt abgebaut. Heutzutage wurden die Minen als touristische Attraktion geführt. Sie waren die Hauptattraktion der Umgebung und eine kleine Goldgrube für den Pächter, der gleichzeitig ein Hotel und Restaurant im Tal führte.

Nach dem Museumsbesuch wurden sie alle mit gelborangen Helmen ausstaffiert und jeder dritte bekam eine grosse Taschenlampe.

****

Jean-Luc Quendlin und André Berger hatten sich einen Tag lang mit polizei-internen Informatikern mit den Computerprogrammen der Finanzabteilung des

Krankenhauses beschäftigt. Nun sassen sie mit je einem Bier auf der Bank vor der Frite Vagabonde. Die Zierkirschbäume waren verblüht.

André meinte zu Jean-Luc: «Wir wissen nun, dass die Gelder von der Radiologie in Richtung Devillo gehen, anschliessend zu Debroise. Aber beweist das, dass Debroise die Huguenin-Morel umgebracht hat? Wir drehen uns nun schon seit Tagen im Kreis. Was sollen wir tun?»

Jean-Luc Quendlin gab es ungerne zu, aber er sehnte sich nach Geraldine: «Ich würde gerne meine Freundin sehen oder zumindest mit ihr sprechen!»

André hatte nicht ganz verstanden: «Ruf sie an, vielleicht kann sie uns helfen.»

Jean-Luc wählte die Nummer von Geraldine. Sie nahm sofort ab und Jean-Luc freute sich: «Hoi, wie geht's?»

Geraldine erzählte eine ganze Weile, während André gedankenverloren sein Bier trank und auf den Hafen starrte. Dann wurde es offensichtlich stiller in der Leitung und Jean-Luc sagte: «Heute treffen sich die Chefärzte mit dem lückenhaften Verwaltungsrat zu einem Betriebsanlass.»

Geraldine überlegte und antwortete dann: «Da wird etwas passieren. Der Bösewicht weilt noch unter ihnen, auch wenn er den Mord vielleicht in Auftrag gegeben hat.»

Jean-Luc war schockiert: «Das haben wir nicht bedacht.»

André war nun plötzlich wieder präsent: «Was meint sie? Gib mal dein Telefon, ich will mit ihr reden.»

Jean-Luc reichte ihm erstaunt sein Natel: «Was sagen Sie? Was passiert da heute Abend?»

Geraldine fühlte sich geehrt: «Ich weiss es nicht, aber mein Bauchgefühl sagt mir, dass heute Abend etwas passiert. Was genau, kann ich natürlich auch nicht sagen.»

Jean-Luc hätte André nicht so viel Vertrauen in die weibliche Intuition zugetraut. Aber anscheinend glaubte er Geraldine aufs Wort.

André redete noch ein bisschen mit Geraldine, insbesondere unterhielten sie sich nochmals über die Querfinanzierungen und Subventionen an öffentlichen Krankenhäusern.

Am Schluss gab er Jean-Luc wieder sein Telefon: «Voilà! Sehr nützlich, deine Freundin!»

Jean-Luc verabschiedete sich von Geraldine und sie tranken wieder ihr Bier aus Dosen.

Jean-Luc wagte nach einer kurzen Pause zu sagen: «Ich denke, wir sollten da auch hin.»

André begann zu grinsen: «Die gleiche Strecke, du wirst wieder grün im Gesicht.»

Jean-Luc warf seine Dose in den Müll und überlegte sich: «Wir sind beide noch so gerade fahrtauglich.»

André bewegte sich schon auf die Treppe zum Parkhaus zu und zückte seinen Autoschlüssel.

Kapitel 16

Die heilige Barbara ist die Schutzpatronin der Minenarbeiter. Sie wacht über sie und gibt ihnen Mut. Opfergaben am Eingang sollen Explosionen verhindern. Der eigentliche Schutz kam aber durch spezielle Lampen. Diese erhellten nicht nur die dunklen Gänge, sie fingen auch bei Sauerstoffmangel an zu flackern und warnten so die Minenarbeiter. Mit der Einführung der elektrischen Lampen fiel dieser Schutz weg. Die alten Carbon-Lampen schützten den Minenarbeiter auch vor Explosionen, denn sie detektierten geruchloses Gas, das den Sauerstoff verdrängte und sie so zum Flackern brachte. Auch Wassereinbrüche gefährdeten die Minenarbeiter. Heute ist ein grosser Teil der unbenutzten Minengänge mit Wasser gefüllt.

Der Herren des Verwaltungsrates und die Chefärzte sowie Ruth Amberg marschierten mit dem Führer der Asphaltminen zum Eingang. Die Zehnergruppe war wie angemeldet pünktlich erschienen. Der Führer erklärte ihnen die Lage der Gänge in Bezug auf die Geografie des Tals beziehungsweise in Bezug auf die Asphaltschichten, die es damals abzubauen galt. Kurz nach dem Eingang schaltete er das Lüftungssystem ein, um zu demonstrieren, dass für damalige Verhältnisse die Anlage modern und sicher gewesen war. Er schaltete sie wieder aus und sammelte seine Gruppe um sich.

«Wir gehen jetzt circa einen Kilometer in den Berg, dabei wäre es gut, wenn wir alle beisammenbleiben.»

Als sie schon ein ganzes Stück marschiert waren, machten sie Halt und der Führer zeigte ihnen einen kurzen Film über das Leben der Minenarbeiter. Anschliessend gingen sie in einem etwas höher gelegenen Gang weiter. Mittlerweile brauchten sie wirklich die Taschenlampen, denn die elektrischen Lampen wurden immer spärlicher. Sie gelangten an einen Kreuzpunkt von verschiedenen Gängen. Dort bekamen sie eine alte Transportmaschine zu sehen, die in zwei Richtungen fahren konnte und grosse Mengen von asphalthaltigen Gesteinsbrocken transportieren konnte.

Ruth Amberg fiel ein, dass sie nicht auf den Chefarzt der Onkologie gewartet hatten. Nun, der würde draussen zu ihnen stossen und dann an der Sitzung und am Essen im Adler teilnehmen. Sie waren nur neun Personen in der Führung.

Debroise schlenderte gedankenversunken hinter der Gruppe her. Er hatte dem Weisswein sehr stark zugesprochen und verspürte grosse Lust, sich abzusetzen und ein kurzes Nickerchen zu machen. Er wollte umkehren und sich in seinen Jaguar setzen, kurz abtauchen. Hier drinnen war es auch furchtbar kalt. Er informierte den Führer nebenbei, dass er zurückgehen würde; dieser meinte: «Das ist nicht erlaubt, bleiben Sie bei uns, es dauert nicht mehr lange.»

Debroise hielt sich nicht daran. Er versuchte, wieder in die hintersten Ränge zu gelangen und sonderte sich ab. Der Führer merkte es nicht. Er steigerte ein wenig das Tempo, denn offensichtlich verlor die Gruppe das Interesse.

****

Ludovic Debroise verirrte sich in den Gängen und fand den Ausgang nicht.

****

Der Führer beendete den Rundgang und die geführte Besichtigung mit der Gruppe. Dann schloss er die grosse Stahltür der Minen mit dem Schlüssel ab und stellte auch die Lichtanlage aus. Die Besucher gaben ihm ein grosszügiges Trinkgeld und räumten die gelborangen Helme wieder im Regal. Sie gaben die Taschenlampen zurück und traten in die Abendsonne. Hier draussen war es angenehm warm. Ruth Amberg gab Anweisungen, wie sie zum Restaurant Adler fahren sollten. Der Führer kam auf sie zu und sagte, dass sie mit einer Person weniger zurückgekommen seien, ein Helm würde fehlen. Ruth Amberg beruhigte ihn, dass sie effektiv eine Person weniger gewesen seien, dass jetzt die Gruppe aber vollständig sei. Sie blickte sich um und suchte Martin Lambert. Sie sah ihn schon zum Parkplatz gehen. Diesmal fuhr er bei einem der Herren des Verwaltungsrates mit. Ruth fuhr die vier Minuten bis ins Dorf alleine. Auch die anderen stiegen in ihre Autos und fuhren los. Xavier bemerkte, dass der Jaguar von Debroise immer noch auf dem Parkplatz stand. Er dachte sich: «Wahrscheinlich ist er noch auf die Toilette gegangen», denn eigentlich hätte er auch gerne seine Blase entleert.

****

Jean-Luc und André fuhren in der Stadt hoch und bogen beim Kreisverkehr in Richtung Frankreich ein. Sie passierten den Tunnel und André beschleunigte auf achtzig. Die Schwemmebene tauchte vor ihnen auf und die Pappeln glitzerten in der Abendsonne. Jean-Luc entspannte sich, da die Strasse wieder gerade wurde.

****

Ludovic Debroise war zuerst den Laternen entlang Richtung Ausgang gegangen, dann war er sich nicht mehr sicher gewesen, ob sie im linken oder rechten Stollen von der Transportmaschine aus nach Süden gekommen waren. Der Weg wurde immer feuchter und so war er umgekehrt, denn er hatte um seine teuren Lederschuhe gefürchtet. Einen Moment lang hatte er noch aus der Ferne die Stimmen der Kurzfilme gehört und wähnte sich auf dem richtigen Weg. Plötzlich sah er jedoch einen Lichteinfall aus der entgegengesetzten Richtung und war dem Licht entgegengegangen. Dort angekommen befand er sich schon bis zu den Knien im Wasser und konnte sich nicht mehr orientieren. Das Licht war aus einem Schacht gekommen, der aber nicht zum Ausgang führte. Nochmals hatte er sich umgewendet und sich an der Wand entlang getastet. Der Wein war ihm definitiv in den Kopf gestiegen und seine Energie war auf dem Nullpunkt. Irgendwie war er nur müde und sehnte sich nach seinem Jaguar. Der sollte doch schön warm sein, von der Abendsonne beschienen.

****

Jean-Luc und André rekapitulierten die Beweise, die sie gegen Ludovic Debroise gesammelt hatten. Zusammen mit den heutigen Erkenntnissen aus der Buchhaltung hatte nur er ein Motiv, Nadine Huguenin-Morel zu beseitigen. Seine Fingerabdrücke waren im Labor gefunden worden. In seinem Büro beziehungsweise in seiner Manteltasche war das abhandengekommene Sputumröhrchen gefunden worden. Er hatte sich informiert, wie man jemanden verstrahlt, und auch gemerkt, dass das nicht so einfach war. Er konnte einen korrekten Dammschnitt machen, so wie er beim Opfer gefunden wurde, obwohl sie erdrosselt worden war. Dass jemand anders ihm den Mord in die Schuhe geschoben haben sollte, war fast unmöglich. Hassan war durch die Aussagen von Ruth Amberg und Xavier Berthier gedeckt worden. Martin Lambert schien nichts mit der Geschichte zu tun zu haben. Hervé Grossen war viel zu verzweifelt, um einen Mord zu planen. Xavier und Ruth kamen theoretisch als Mörder in Frage, aber Jean-Luc und auch André Berger trauten ihnen das nicht zu. Jean-Luc fragte daher: «Wir nehmen heute Abend also Ludovic Debroise fest?»

André schaute konzentriert auf die Strasse: «Er war es!»

Jean-Luc lenkte seinen Blick auf die Kurven, die vor ihnen lagen: «Hast du deine Dienstwaffe dabei?»

André: «Ja.»

Jean-Luc: «Hast du je schon mal davon Gebrauch gemacht?»

André: «Nur zum Bedrohen, ich habe noch nie schiessen müssen.»

Sie trafen auf dem Parkplatz der Asphaltminen ein. Es stand nur noch ein Auto auf dem Parkplatz, ein Jaguar, den sie schnell identifizierten: Er gehörte Ludovic Debroise.

****

Die Gesellschaft aus dem Krankenhaus war mittlerweile im Adler in einem ehrwürdigen Saal platziert worden. Sie wurden umschwärmt von zwei Serviertöchtern und bestellten ihre Getränke. Niemandem war aufgefallen, dass Ludovic Debroise nicht aufgetaucht war. Die Serviertochter hatte diskret das übriggebliebene Gedeck beiseite geräumt. Den Stuhl hatte sie geschickt neben die Tür gestellt, sodass die Teilnehmer ihre Jacken und Taschen abstellen konnten. Auch der Chefarzt der Onkologie hatte noch einen leeren Platz gefunden.

****

Jürgen Möller führte Annabelle in ein Gartenrestaurant und genoss den lauen Sommerabend direkt am See. Er hatte sich am Ende seiner Schicht an die Rezeption der Radiologie geschlichen. Annabelle war im Glashäuschen und hatte Spätschicht. Er nahm allen Mut zusammen und fragte sie: «Hast du heute Abend schon etwas vor?»

Annabelle: «Nein, und ich bin hier in genau acht Minuten fertig.»

Jürgen traute seinem Glück kaum: «Darf ich dich zum Essen einladen?»

Annabelle fuhr, bevor sie antwortete, den Computer runter, denn der letzte Patient war schon aufgenommen: «Gerne!» Sie stand auf und liess ihren kurzärmeligen Kittel über dem Stuhl hängen.

****

Dietger Franke sass in seinem dunkelvioletten VW und fuhr gegen Süden. Er hatte morgen, Freitag, freigenommen und sich mit seinem Freund für die Oper in Mailand verabredet. Er hörte Radio, einen Klassiksender der Schweiz. Sie spielten ein Konzert von Offenbach. Seine Stereoanlage strahlte einen wunderbaren Sound aus. Er war glücklich, dass er zu früher Stunde aus dem Spital weggekommen war. Er hatte nur seinen kleinen blauen Rucksack gepackt und war zu seinem Auto gegangen, all die Machtkämpfe und Intrigen hinter sich lassend. Er freute sich riesig auf das gute italienische Essen und auf die Opernvorstellung. Zur vollen Stunde wurde die schöne Musik von den Nachrichten unterbrochen. Nach einigen internationalen und politischen Ereignissen kam eine lokale Meldung: «In den bekannten Westschweizer

Asphaltminen kam es heute zu einem tragischen Todesfall. In den nur noch zu touristischen Zwecken genutzten Minen wurde ein gesuchter Mörder tot aufgefunden. Es wird vermutet, dass er verunglückte, einige Tage nachdem er den Mord an der Verwaltungsratspräsidentin des Krankenhauses begangen hatte. Die näheren Umstände werden noch untersucht.» Nach den Wetterprognosen spielten sie die zweite Hälfte des Konzertes von Offenbach. Dietger öffnete das Fenster, legte seinen Ellenboden auf die Fensterkante und genoss den Fahrtwind. Italien mit all seiner Leichtigkeit war in Sicht. Die Musik, die Inszenierung und die schauspielerische Leistung der Opernsänger in Mailand würden sicher fantastisch.